蝕夢

林罡彤 著

目次
CONTENTS

六月十日 午後一時

身穿黑色西裝的渡部龍一從住處出發前往位在大和町的臺北南署。沿途經過賣水果的攤販時，轉身蹲下來逗攤檔旁的小貓玩。我順勢低頭前行，拐進前方不遠處的小巷，待渡部經過後再度尾隨。及後他到了臺北南署附近的一間咖啡廳，在裡面叫了一杯咖啡。一直待到約定的時間一時半才出發到南署。

渡部看了看手錶，發覺時間才不過一時許。提早到的話也不過是乾等，他決定先在附近走走再到南署。

渡部抬頭四處張望。他對這一帶仍沒有很熟悉，幸好他看到一間咖啡廳的招牌寫著日文。最近，渡部光是看到熟悉的日文，心裡就輕易地感到安心。於是渡部走進咖啡廳，聽到店員用響亮的聲線用日文向他說：「歡迎光臨！」時，又更在他心頭添了一份親切感。

從東京來的渡部在臺灣不過待了好幾個月，但他已經能親身感受到，在臺北以日語溝通是完全沒障礙的。

「畢竟臺灣已經被日本統治了三十七年，大家變得會說日語也是很正常啦。」渡部想著，同時為自己在到達臺灣前，曾一度害怕會無法與當地人溝通而自覺可笑。不過他還是沒辦法完全看懂街道上林林總總的漢字就是了。

他點了一杯咖啡後，然後舒適地坐在店內，邊喝著咖啡邊打開公事包內的文件，重溫著裡面的內容。

一會兒要接見的人是佐川直茂。渡部重新看著佐川的黑白照片，好好記著照片裡的人的容貌。照片裡的佐川蓄著鬍子留著短髮，滿臉自信的笑容，相貌堂堂，渡部憑著直覺認為，那是女性會喜歡的類型。

「佐川在拍照的時候大概想不到自己現在會身在臺灣的監牢裡吧？」渡部不禁想。而佐川的另一張照片則是一張在入監時照的囚犯照，除了臉上沒了笑容外，頭髮也被剪短了不少。那張囚犯照上寫有「滿州監獄」的字眼。

「佐川直茂，男性，三十歲，無業。一個正值壯年的男人卻無業，沒任何收入的他是怎樣支持自己的生活開支呢？這點很令人懷疑。沒不良嗜好……還好他沒有甚麼奇怪的嗜好。曾經在滿州因盜竊而被判入獄——這點真的不太妙呢。所以是靠偷竊來維持生活嗎？」渡部輕聲地唸著文件上的資料，自言自語地說：「你該不會是賊性難改所以才犯案吧？」

渡部又再喝了一口咖啡。咖啡的味道不怎麼樣，還可以接受。「在滿州時的案情是以感情騙取受害人的金錢……所以這次是重施故技嗎？這樣子可不太好呢。」渡部從文件中抽出受害人的資料：「野田岩，女性，五十八歲，居住在老松町的寡婦，先夫野田民治是個出身在愛媛縣大家族的商人，在死後遺下了一大筆遺產給她。啊，騙取老寡婦的財產，是在上演這種戲碼嗎？然後寡婦因為發現了佐川的不良動機，不肯就範，於是佐川便動了殺機……」渡部沉思了一會兒，說：「這樣聽起來好像很合理。如果我是檢方的話，大概就會編出這樣的故事吧。問題是，野田岩真的是佐川殺的嗎？」

這次的案件有登上報紙的報導，渡部拿著當時的剪報讀著：「老松町的寡婦被殺害並埋藏在辣椒樹下，警方拘捕了疑犯佐川直茂，據知佐川除了是死者的房客外更是她的年輕情人」。渡部想，這篇報道大概帶給讀者不少娛樂吧？「哎，這裡說疑兇是她的年輕情人啊，五十幾歲的寡婦搭上一個年輕得能做自己兒子的小夥子，真是的……」渡部彷彿能想像讀者用八卦的聲線熱烈地討論著。但他們不會花太多時間在一宗新聞上，他們也不會浪費精力去記住這個案件，因為過不了幾天就會有另外的一些新聞來娛樂他們。

渡部再次看了看錶，時間差不多了。他把咖啡一口喝完後，便動身走到南署。他再三提醒自己，對待客人時不可以再那麼感情用事，要把自己那愛管閒事的性格埋藏好。他其實沒有自信能做到，不過他願意盡力而為。

零、開端

「你們當中誰沒有罪，誰就先拿石頭砸她。」

這是野田岩曾對佐川直茂說過的故事裡的其中一句話。佐川一直把這個故事放在心上，他甚至不清楚這原來是個聖經故事，只是單純地被故事中的道理所震攝。

「原來在世間也有人可以如此包容。」這除了是佐川對這故事的想法外，也剛巧是他一直以來對阿岩的印象。

佐川想著和阿岩之間的往事，想起她是個如此好的人。他仍未接受阿岩已經死去的事實，儘管他現在正身處拘留室，因涉嫌謀殺他的房東野田岩被警方拘捕。在這間狹小又簡陋的拘留室，佐川唯一能做的就只有思考。不過無論他怎麼想，也想不清楚阿岩到底遭遇上甚麼事。佐川更沒想到，那天早上就是自己和阿岩最後一次見面。

「有訪客。」看守著拘留室的警察毫無情感地對佐川說，並用掛在腰間的鎖匙把拘留室的門打開。接著，一個穿著畢挺西裝的男人走了進來。佐川條件反射似的站了起來。佐川不認識這個訪客，他猜想著這個穿西裝的男人要不是高職位的警察，就是政府派來的職員。佐川還來不及反應，那個穿著西裝的男人便徑自自我介紹說：「佐川先生，初次見面。我是你的代表律師渡部龍一，請多多指教。」

佐川和那個姓渡部的男人互相禮貌地微微鞠躬後，才正式望清楚對方。渡部看起來和自己差不多年紀，都是三十歲上下。不過相比佐川那白皙且具文人氣質的樣貌，渡部的外表和身形明顯比較硬朗。這和佐川心中對律師都是文質彬彬的想像有點出入。但渡部那沉厚而溫柔的聲線，加上他對話中的遣詞用字，又確實讓佐川覺得渡部必然是受過良好教育的人。

「感謝你到來，渡部先生。」佐川笑了笑，說：「但我可不記得自己有聘請過律師。想必是在哪個地方搞錯了。」

「並沒有搞錯。剛才我應該說清楚的，我其實是受高木亮先生委托來幫助佐川先生你的。」

「原來是阿亮，一直以來也麻煩他不少了。從剛到臺灣的時候也是受他的照顧，沒想到到了這種時候也要勞煩他。真是慚愧。」佐川聽到高木亮的名字後，頓時輕鬆地笑著說，丁點都不如他說的那樣愧疚，反而更像是莫名地得到了幫助，覺得既幸運又鬆了口氣的模樣。

「佐川先生，你被警方控告涉嫌殺害……」

「叫我直茂就好了，反正我們年紀差不多，對吧？這樣比較親切。我也叫你龍一吧。」

「佐川先生，」渡部板著臉繼續說：「你被警方控告涉嫌謀殺野田岩女士，請問你是否認罪？」渡部除了想和自己的客戶保持一定的距離外，他也察覺佐川的態度實在過於放鬆輕浮。渡部希望這能令佐川收斂一點。

「不認罪，當然不認罪。我沒有殺害阿岩，就連在腦中想也沒想過。」佐川連忙搖搖頭，沒有理會渡部刻意營造的嚴肅，繼續活在自己的輕鬆國度裡。

直接否認而沒半點遲疑，渡部想，這真是事實嗎？佐川真的是無辜的嗎？渡部不敢太快採取佐川單方面的說詞。

「真的嗎？我從報紙和警方的報告上看到的可不是這樣。」

「他們都是在亂寫的！」佐川顯得有點焦躁：「我怎麼可能會殺害阿岩呢？肯定不會、絕對不會！龍一你不要管甚麼報紙甚麼報告上那些有的沒的，你一定要聽我說……」

「好，既然佐川先生你選擇不認罪，那我們就逐步慢慢來吧。」渡部強硬地打斷佐川的話，順利地重掌對話的節奏。他從公事包裡抽出一疊又一疊的文件。由於拘留室裡沒有桌子，於是渡部把一部分文件放在佐川的床上，另一部份則放在自己膝上。在這段沉默之中，佐川觀察著渡部的臉色，但從渡部那毫無變化的臉上，根本就看不出他是否相信自己說的話。

這令佐川有點不安。

「那麼，」渡部低沉的聲音再度響起：「請容我確定，佐川先生你和野田女士的關係是？」

「阿岩是我的房東，同時也是我的戀人。」佐川對二人的關係直認不諱。要不是他的臉上同時帶著靦腆的神色，的確就如同一個在愛海中的小男孩在提到戀人時的甜蜜，渡部或許會以為佐川不過是在信口開河。

渡部在來之前已讀過相關的文件，他雖然知道在野田家的周遭傳言佐川是寡婦阿岩的情人，但渡部認為傳言並不能盡信。沒想到佐川竟如此直白地承認二人之間的關係。

「龍一你現在是不是在想，為甚麼我會愛上年紀比我大差不多三十歲的阿岩呢？」佐川像是對渡部的想法了然於心的樣子。這是因為以往佐川對其他人說起阿岩時，總會冒出這個疑問。

「為了錢嗎？」渡部並不是針對佐川和阿岩之間的姐弟戀，甚或是母子戀；只是他想起之前讀過的一份文件。

「不是不是，我的戀愛從來不為了錢。」佐川說：「阿岩是個好女人，會愛上她本來就是件自自然然的事。」

渡部看著面前這個白皙的男人，心想他要不是個很天真的人，要不就是個強裝天真的人。

「是這樣嗎？真的不是為了錢嗎？」渡部從文件堆裡抽出其中一份：「這裡的調查報告指，從二月十五至二月廿三日，野田女士的臺北信用組合陸續出現大筆的提款記錄。而最後一次目睹野田女士的日子是在二月十三日。佐川先生，依你的推測又會是誰提走野田女士的存款？」

「我怎麼知道？總之不是我拿的。」佐川看起來有點生氣，這是個好的現象。渡部默默把他對佐川的觀察記在心裡。

「佐川先生，我跟這裡的警察不同。我是你的代表律師，我是來幫你的。」

「我知道，我真的很感謝你」

「所以佐川先生你必須把所有事情都如實地告訴我，不然我沒辦法幫你。不可以有一點隱瞞，懂嗎？」渡部說：「好，我們重新來一次：野田的女士的錢到哪裡了？」

「我真的不知道是誰提走了阿岩的錢。」佐川有點憤怒地說：「別管那筆錢到哪裡了，現在最重要的不是找出殺害阿岩的真兇嗎？」

「說實話，警方認為佐川先生你殺害野田女士的動機是為了她的身家財產。只要我們查清楚野田女士的資金到哪裡去了，佐川先生你要殺害野田女士的動機就變得薄弱，從而把你的嫌疑減低。這就是我三番四次要追問你那筆錢到哪裡的原因。我們的目的不是找出真兇，只是要令你無罪釋放。」

「但我真的只想知道是哪個可惡的傢伙殺了阿岩，並把她隨便地、像是件垃圾一般地埋在後院裡。」佐川咬著牙說，眼眶微濕，鼻頭也紅了起來，只差沒掉下眼淚來。

「佐川先生，你不擔心自己最終會被判謀殺罪成嗎？」

「我不怕！」雖然口裡說著不怕，但佐川卻是哭得身體都在發抖了：「……阿岩都已經不在了，我也沒有要活下去的意思了！但是在我死之前……在我跟阿岩在天上重逢之前，我想要知道是哪個壞人把阿岩害死了！」佐川說：「因為找出真兇，是我能夠為阿岩做的最後一件事。」

佐川說完後，渡部始終保持沉默，佐川也沒有打算繼續說些甚麼來打動這位律師。一時間，拘留室中只剩下佐川不時擤著鼻水的聲音。

「那麼，請佐川先生從頭到尾把你跟野田岩女士的相識全都告訴我吧。對了，就連你從日本來到臺灣的原因也請一併告訴我，拜託你了。」

一、愛情故事

到底為甚麼我會在這裡呢？

佐川想，如果我仍然留在日本的話，是否所有不幸都不會發生呢？還是會更加的不幸呢？儘管從日本來到臺灣後，佐川遇上各種不快樂的事，生活也不曾容易過，但他一點都不想要忘記來到臺灣後的一切。特別是和阿岩發生的所有微小事情，他都一一藏在心裡。那些是他人生中最寶貴的回憶。

我一定令阿岩失望了。佐川想，就正如我一直以來最擅長的，令所有人失望。

佐川會來臺灣的原因，有一部分是因為他在滿州曾經犯過罪，留下了案底。這讓渡部覺得事情變得更複雜了，畢竟曾經有案底將會成為檢察官用來攻擊佐川的一項武器。

「佐川先生你到底是在滿州犯了甚麼事？我手上的文件裡並沒有事件的詳細記錄。」

「這個⋯說起來有點長，你確定要聽嗎？」

渡部點點頭，說：「身為你的律師，我是必須知道你的犯罪記錄，請你仔細地告訴我你以往曾經被定罪的經過。」

「這樣子……」佐川用手撫著臉，一副欲言又止的模樣：「應該從哪裡說起呢？」沉默了好一陣子，佐川沒頭沒尾地說：「認識我的人總是不約而同地說，我是個無可救藥地沉迷於戀愛的男人。」

「甚麼？」渡部無法理解這與佐川以往的罪行有甚麼關係，但還是保持著耐性聽下去。

「龍一，像你這種事業有成的專業人士可能不會懂。我在事業上沒有甚麼野心，不求飛黃騰達。我對其他事情都提不起勁，除了愛情之外。」

沒錯，佐川就是個一直憧憬著愛情的人。雖然他身邊的女人換過不少，有趣的是，從來沒女人對他抱有怨念或是有任何不滿。有次他搭上了滿州鐵路同僚的寡婦飯田谷，後來他拿了阿谷給他的錢去找其他女人，阿谷也並沒有怪罪佐川。倒是阿谷的家人替阿谷不值，向警察投了案。佐川認罪後才在滿川被判了詐欺罪。佐川就是這樣奇妙的男人。

「慢著，資料上說佐川先生你的故鄉在愛媛，為甚麼會在滿州犯了詐欺罪呢？」渡部跟不上佐川所說的內容。

「那是我為了阿德，所以特意到滿州鐵路打工，想要賺多點錢。」

「阿德？請問阿德又是誰？」突如其來的又出現了另一個女人的名字，讓渡部不禁暗暗驚歎這個佐川到底和幾多個女人有關連。

「阿德是我的初戀情人，是她教會我怎麼去愛。」佐川一臉沉醉地說。

說到佐川最刻骨銘心的一段愛情就是他和阿德這段初戀。阿德是菸草店老闆的女兒，和佐川從小就是同一個社區長大，也是從小玩到大的青梅竹馬。彼此都長大成年後，剛開始懂得男女之情的二人便自然而然地墜進愛河。

後來阿德家裡的菸草生意變得愈來愈差，光憑生意不但賺不了幾個錢，更使阿德的家裡負債累累。

「當時我剛考進了愛媛師範、前途原本一片光明。」佐川邊回想邊說。

渡部想，會自己把「前途一片光明」說出口也沒半點不好意思的，大概佐川是第一人了。

「哈哈，看不出我也是個挺會唸書的人吧？不過那時我一心只想要幫阿德及她的家人紓困，就算考進了師範也無心向學，幾乎每天都在翹課。」

佐川稍稍調整坐姿，繼續說：「當時還是個學生的我根本沒有辦法在短時間內籌到一大筆錢。就算我多努力打工，也無法幫阿德解決她家裡的問題。後來我想到，既然循正規的途徑不行，我就走偏門吧！於是那時我到處偷錢。從同學身上偷，從不相識的路人身上也偷。只要是看似是錢包的物體進入我的眼簾，我就會伸出手去拿。當時的我就是對錢有這樣的渴求，而從沒想到後果。於是很快地就被人抓到我偷錢。頭幾次被抓到，只要我誠心誠意地道歉並把錢包歸還，那些人通常都會就這麼放過我。要是還不行，只要加上跪下來哭著求饒，他們都會願意放我走。」

「跪下來嗎？」渡部有點難以置信地說。換作是他的話，大概寧可選擇拚命掙扎逃跑，也絕不願意跪下來。

「跪一下也沒甚麼大不了，只要我能繼續把錢交給阿德就好。」佐川聳聳肩說：「可是有一次，那個人說要向我在就讀的師範學校舉報。本來我也覺得那不是甚麼大問題，後來才知道麻煩大了。學校就把我給退學了，哈哈。」

渡部沒有說甚麼，只是靜靜地聽著。他的確覺得佐川的行為是欠缺考量的，但渡部想起自己的過往也沒比佐川好太多，也就沒有資格說些甚麼。

「於是，我就被迫退學了。退學後我才知道自己失去的是甚麼。明明原本應該輕鬆易走的路，被自己一手弄成既複雜又難行。」佐川苦笑著說：「可是我沒有後悔。只要能減輕阿德的負擔，我都覺得是值得的。那時的我是這樣想的。就算現在我可以有重來的機會的話，我想我還是會做一樣的決定吧。」

「不後悔嗎？」渡部問。

「後悔嗎？」佐川笑著說：「沒有，我不後悔。雖然有時候也會想，要是自己當時繼續在師範學校讀下去到畢業，我的人生是否就會不一樣了呢？」

「不過，人生是不能重來的。」渡部由衷地說。

「對。」佐川苦笑了一下，便繼續說：「後來我決定到滿州鐵路工作，因為聽說在那邊工作能在短期內賺到一大筆錢，那正好符合我的要求。雖然滿州很遠，會有好一段時間無法見到阿德，但那時我想，只要一賺夠錢，我就馬上回去愛媛迎娶她。我是抱著這份信念才能在滿州那種嚴寒的地方待下去。」

總算是說到滿州了，渡部放心地想。他本來還暗暗猜想著佐川打算把話題繞多遠。

「可是我在滿州還待不到兩個月，就收到阿德寄來的信。信上說她要嫁人了……」佐川說到這裡停了下來。他微張著嘴，眼神變得空洞，一瞬間他好像又回到那個被風雪包圍的滿州，他彷彿再一次感受到拿著信的手指有多冰冷。阿德秀麗的字在信紙上公整地宣告著他們關係的結束。讀到後來，佐川的世界變成朦朧一片；當他回過神來，他手中的信紙已是撕得破碎。

「……阿德在信上寫著，她結婚的對象是故鄉愛媛縣的一個警察。阿德說，唯有靠這段婚姻才得以解決她家裡的財困。我讀著信的時候真的呆了。甚麼？難道我不是為了解決她家裡的財困，才一直努力地賺錢嗎？我賺的錢都不足夠嗎？還是我不夠努力嗎？要是我不夠努力的話，她大可以直接跟我說。為甚麼……為甚麼要在我人已經到了滿州的時候，才用一封單薄的信件來告訴我，我一直付出的努力都只是徒勞？為甚麼？」

佐川雖然想控制自己的情緒，但在回想起這段往事時，還是不免激動起來。佐川認為阿德的行為是種不折不扣的背叛。他到現在仍是無法理解，為甚麼一個女人能如此決絕地背叛他，絲毫不念半分舊情。

「不好意思，有點失態了。」佐川稍為平復後說：「阿德在信上居然還寫著，雖然無法與我結為夫妻，但到她死去的一刻仍會一直愛著我。還勸我要好好生活，找個比她更好的女人同偕白首。是不是很好笑？那個拋棄我的人說會一直愛著我。」

「說不定阿德小姐是真的愛著你。可能她也是在不得已的情況下才會作出另嫁他人的決定。」渡部聽著佐川的故事，反而更能理解阿德的現實考量。

「不不不，龍一，」佐川搖搖頭，一臉傷心地說：「那都是廢話。要是兩人真的相愛的話，又哪有甚麼困難會跨不過？像是我一樣，不也為了她到了滿州嗎？阿德只是不再愛我而已。阿德教會了我怎麼去愛，但同時她也是傷我傷得最重的人。」

渡部開始多少明白為甚麼說佐川沉迷愛情到不可救藥的地步。現實中的一切哪有佐川說的這麼簡單。同時，渡部也好像有點明白為甚麼佐川所到之處都定必有女性願意為他付出：佐川不時露出的可憐神情，像是隻脆弱的小動物一樣，的確是會令人生起想要保護他、幫助他的念頭。渡部想，或許佐川這長得好看的傢伙，最擅長的就是在不經意間激發起女性的母性。

「既然阿德要我找個比她更好的女人過下去，我也如她所願，便和剛才提到的寡婦飯田谷一起，然後就是被判欺詐罪成入獄。就是這樣。」佐川說起愛情時要生要死的，但說到自己入獄倒是輕描淡寫，不痛不癢。

光是聽佐川說描述，渡部擔心檢方會把那次的詐欺罪形容成「曾欺騙受害人的感情，哄使她把大量金錢交出，從而進行金錢詐騙」。有這樣的前科，檢方會更輕易地說服法官，佐川這次想要以同樣手段是欺詐野田岩，但後來事敗，佐川為了不讓阿岩把事情說出去，便殺人滅口。

就連身為佐川辯護律師的渡部都覺得這樣聽起來相當有說服力。

問題就在於佐川是怎樣認識阿岩這個有錢的寡婦：是佐川事前做了調查，知道阿岩家裡有錢，所以接近她；還是他們只是剛巧遇上。如果是事先做了調查的話，那就可以更確定佐川是有預謀要詐騙阿岩的，但如果是剛巧遇上，或許能減輕一點佐川身上的嫌疑。

「拜託是後者啊……」渡部忍不住在心裡祈求著。

「那時我剛從滿州出獄，再也不想待在那冷得要死的地方，於是先到了朝鮮，覺得那裡也沒有想像中的舒適，便又回到日本。我記得是在昭和5年（1930年），我聽別人說臺灣是個四季都是夏天的地方。我在想，是個和滿州相反的地方呢，那不是很棒嗎？於是那年我就從日本乘船來到臺灣。『真的很熱呢臺灣！』剛下船的我對臺灣只有這種沒甚意義的感想，真是抱歉了。」佐川笑著說。

「所以佐川先生你不是因為野田女士的緣故才來到臺灣的？比如是她的推薦，或是邀請之類的。」

「不是，我是在來到臺灣後才經阿亮的介紹，而認識阿岩的。」

「阿亮……就是委託我來的人，高木亮先生？」

「對！我初來臺灣時好不容易才找到一份兜售梳子的工作，要每天逐家逐戶敲門兜售真是件苦差。就算運氣好有人願意買，一戶人家又會買多少把梳子？更別說賣不出去的話也就沒多少薪金。不過那姑且算是件工作，我就一直做下去。有一天，阿亮忽然出現在我的公司，說想要買梳子。竟然有顧客主動上門，還有比這更幸運的事嗎？阿亮聽出我的口音，我說我是愛媛人，他說他也是愛媛的。你說是不是好巧？竟然遠在臺灣都遇上同鄉……對了，龍一你該不會也是愛媛人吧？」

「我不是，我從東京來的。」

「我就說龍一你一點口音都沒有，想不到果真是東京來的知識份子。東京這種大城市比我們那些鄉下地方好多了。我們這些鄉下出身的傢伙有哪一個不想到東京去？在東京能看到的景色比在鄉下遠大太多了。」佐川點著頭，像是認可著渡部似的。渡部從沒到過愛媛縣，所以根本無從比較，也不好說甚麼。

「但是……」渡部翻找著文件，從中抽出其中一份，就：「野田女士並不是愛媛人，而是來自栃木縣的。那麼野田女士又是怎樣認識高木先生的？」

「對啊，阿岩是栃木縣人，後院裡的那棵辣椒樹就是她種來解鄉愁的。阿岩她常常說最掛念故鄉的東西就是辣椒了，我們不時都嘲笑她吃甚麼都好像要加辣椒這個小習慣。」佐川望著遠處，像是在想起往事一般。渡部不禁想，佐川是不是不知道阿岩的屍體就正正是埋在那棵辣椒樹下；抑或是佐川刻意裝作若無其事，想要騙過渡部。

佐川繼續說：「阿岩住在老松町一丁目，而阿亮則是在新起町開設料理店，兩者相隔不遠，所以也算是鄰居吧。他們是透過一個鄰居相助組織認識的。那個組織的名字，我也記不清了。」

「之後為甚麼高木先生會把你介紹給野田女士呢？如果他們只是鄰居的關係的話？」

「因為阿岩真是個很好的女人吧？而且她從亡夫身上得到一大筆遺產。」

渡部聽後不禁望著佐川。難道佐川和高木聯手，讓高木物色富有的目標，再由佐川負責色誘和感情詐騙？

怎料佐川忽然爆出一陣笑聲，說：「我開玩笑而已，龍一你的樣子好認真，太好笑了。只是個玩笑而已，好嗎？」但渡部卻一點都不覺得好笑。

「其實那時阿亮見我的生活過得拮据，住的那個地方在下雨天還會漏水，於是他提議我去拜會阿岩。我還記得阿亮提到阿岩住在一間大屋裡，還會把屋裡空出來的房間出租給其他人，說不定還有空房間可以租給我。我當時也覺得不好意思，始終我一個男人租住在女人的大屋裡好像不太方便，便想要婉拒阿亮的好意。但阿亮說，可以先跟阿岩見個面，就算最終做不成房東房客的關係，也可以當成是多認識一個新朋友。我想想也覺得有道理，多一個朋友對我們這種獨自來到臺灣的日本人而言的確很重要，龍一你說是不是？」

渡部點點頭，也很難否定這個說法。畢竟渡部同樣是隻身來到臺灣，欠缺家人朋友在旁的環境，的確是特別讓人感到孤獨無助。雖然一個人也沒有甚麼不好，但人類這種生物啊，果然還是比較傾向群體生活。

「於是我就依約到阿岩所住的大宅，和阿亮一起與阿岩第一次見面。龍一，你有曾經試過一見鍾情嗎？」

「沒有。」

「欸，所以龍一你是屬於那種日久生情派嗎？」佐川好奇地問，使渡部很尷尬。渡部本來就不習慣把自己的感情事拿出來講，更何況是面對著這個才剛認識不到幾個小時的陌生人。

「我和阿岩就是一見鍾情。」佐川沒顧慮渡部的尷尬，自顧自地說：「當阿岩打開家門的那一刻，我就知道自己已經深深地愛上她了。所以當她答應讓我搬進去其中一間空房住的時候，我簡直覺得那是我人生中最幸運的一天。」

佐川大概一輩子都不會忘記第一次看到阿岩的那個下午。

那天，佐川按照之前跟同鄉高木亮約定的時間，出現在萬華的街口。他當然不是第一次來萬華，當上銷售員後老是要四處奔跑，大稻埕啊萬華啊這些人多熱鬧的區域自然是來過的。

但是這次不一樣，這次佐川有點緊張。

高木是料理店的老闆，而料理店就在阿岩的家附近，所以他約了佐川在料理店先集合，再一同前往野田家的大宅。佐川邊朝料理店的方向走，邊頻頻低頭查看自己的衣衫，看到有一點點的微塵黏在上面了，便伸手撥啊撥的，以求盡量以最完美的姿態示人。因為之前高木有提醒佐川，跟阿岩見面時要穿得得體一點。

「畢竟她是大戶人家的遺孀，」高木對佐川微微笑著說：「多一份尊重總是百利無一害的。更何況，直茂你將來是要住進去的，第一印象很重要啊。」佐川聽得連連點頭，心裡除了感激高木體貼的提點外，也不用片刻便已經盤算好當天會穿哪一套衣服：因為佐川其實除了上班穿的西裝外，就只剩下一套比較能見世面的行裝了。

「大戶人家啊……」佐川邊走邊想起這個形容，使自己愈發緊張。他本來是個社交能手，要不是這樣也很難勝任銷售員的工作；但是他一直不太懂得應付一些出身明顯比他優越太多的人。也許是因為佐川的家庭本來就不富有，也或許是佐川曾坐過牢而有份自卑感，或許只是單純地與高尚人士聊不過來。到底是甚麼原因，佐川自己也說不準。

遠遠看到「阿亮料理店」的招牌，佐川還看到高木就在店門前站著。高木朝他揮揮手。

「我們走那邊。」高木沒有招呼佐川進店內坐坐，而是直接領著佐川往野田家大宅走。佐川想，這也好，省得我不小心把衣服坐得皺巴巴的。

阿岩的家是一幢兩層的建築，不過在佐川看到大宅前，他先驚嘆的是大屋前的花園。

「光是花園就比我現在住的房間還要大……」佐川在心裡想，不禁又覺得自己的存在又縮小了一點。

高木望著佐川張著嘴的驚訝表情，笑著說：「把嘴巴合起來吧。以後說不定你要幫忙打理這些花花草草。唉，我是光想到就覺得麻煩了。」

「阿亮你不喜歡植物嗎？」

高木歪著頭說：「與其說我不喜歡植物，不如說我是不喜歡麻煩啦。家就是個用作休息的地方，還要花額外的心力來打理花園，不就本末倒置了嗎？一陣子又要澆水，一下子又要施肥，不同季節又要做不同的事，煩死了。」

「我倒是挺喜歡植物的，以後要我打理這個花園也絕對不是問題。」

「是嗎？」高木望著佐川說：「我的亡妻也很喜歡植物，以往就是她打理家中庭園的。」

這時他們穿過前院，來到大門前。「阿岩，我們到了。」高木嚷道。

「來了！」一把女聲從屋內傳出，不久後門就拉開了。一個美艷的婦人出現在佐川的眼前。

佐川原以為大概會是女傭來開門迎接客人，但是在看到婦人的一刻，也不用高木的介紹，光憑婦人的氣質和衣著，佐川馬上就能肯定，她就是這個家的女主人野田岩。

「歡迎你們！請進來請進來！」

「這位就是我之前和你提過的佐川直茂……」高木向阿岩介紹說。

「您好！初次見面，我是佐川，請多多指教！」佐川異常乖巧地正式道。

阿岩被佐川惹得輕笑起來，用掩不住的笑意回說：「你好，我是野田岩，你和阿亮一樣叫我阿岩就好了。」

「這是我們的伴手禮……」在高木把他事先替佐川準備好的禮物交給阿岩，並和阿岩在客套寒暄時，佐川的眼睛沒有一刻離開過她。佐川很清楚，自己戀愛了。

佐川記得阿岩有介紹一下大屋：大門正前方是一道長長的走廊，走廊的左邊是客廳和廚房，而右邊是書房和連接書房的休息室；在走廊的盡頭是浴室，浴室左側有往上層的樓梯；在二樓有四個房間，和另外一個浴室。但這些對佐川而言都不重要，重要的是，他覺得阿岩介紹時的聲音真好聽。

然後阿岩便帶他們到客廳坐下。客廳是和式的，榻榻米上放著茶几。看起來茶几是原木造的，大概不是佐川買得起的價錢。客廳外有一個小庭院，外面放了一個雅緻的石燈籠，還種著一棵樹。因為那棵樹看上去不像前院花園裡一樣美侖美奐，反而有一小半的樹幹是焦焦黑黑的，好像是勉強地才能努力存活下去的樣子；不過這樹的枝葉倒是十分茂盛，看得出打理的人很用心。

阿岩注意到佐川的視線，高興地向他介紹說：「這是我在來到臺灣時種的辣椒樹。」

「剛來的時候種嗎？」佐川好奇地問。

「對！從種子開始種起，種子還是從故鄉帶來的哦，是日本種。本來想種兩三棵的，可惜最後只有一棵能成功長大。你別看這樹矮矮的，每年都能產出不少的量哦！就算只有一棵都足夠平常食用了。」佐川聽後，又看了看辣椒樹幹的粗幼，心裡猜想著阿岩他們來了臺灣至少也有二十年了吧。

「說到辣椒樹啊，要數日本最有名的辣椒種植地肯定就是枥木了……難不成阿岩你是枥木縣人？」

「沒錯！直茂你猜對了！」阿岩雀躍地說，好像對故鄉被稱讚了感到高興。而佐川心裡也很興幸阿岩和自己這麼聊得來。

「欸，我們愛媛好像沒有這樣的特產，感覺好遜哦。」高木跟佐川說。

「怎麼會？愛媛盛產水果啊！我先夫的家裡就是種植水果起家的。」阿岩仍是興緻勃勃地說：「你們是愛媛人嗎？我怎麼都不知道阿亮你從愛媛來？」

「對啊，我們是同鄉。」

「那真的好巧哦，我先夫也是愛媛人！他以前常用專業的口吻說，臺灣的水果跟愛媛的水果是不一樣的好吃。我完全理解不了！好吃就是好吃嘛，能有甚麼分別的。」

「不是，這個我懂啊。就像是……」佐川想了想後說：「在臺灣吃到的辣椒，應該跟阿岩你故鄉的辣椒也是不一樣的好吃啊。」

阿岩愣了愣後，露出一個溫柔的微笑，說：「真巧啊，我先夫也說過一樣的比喻。真是令人懷念呢。」

「對了，剛才說過二樓有四個房間。」阿岩接著說：「本來四個房間分別是主人房、我兒子直士的房間和兩個客房，但是直士搬出去住了，我先生也仙遊了，我一個人也用不了這麼大的地方。所以現在直士的房間跟一個客房都出租給江山樓的兩位藝旦彩雲跟明月；最後一間客房是租了給阿亮店裡的女員工阿國。」阿岩提到阿國時望向高木，高木則是點了點頭應和說：「阿國真是承蒙你的照顧了。」

「不會啦，阿國也一直幫了我不少忙。」阿岩繼續說：「然後，平常都是先夫在用的書房休息室，現在也很少用到了，所以我打算讓直茂你住在那房間，不知道有沒有問題？」

佐川想，二樓住的都是女生，自己住二樓自是不太方便，現在住一樓的房間實在是太好的安排了。

「對了，真是的，我應該先帶直茂你看看房間再決定的。」阿岩站起身，俐落的動作根本與高木之前向佐川提過阿岩的年齡不相襯。阿岩說：「來，跟著我來看看。」

從客廳出去就回到剛進來的走廊，再往前走，經過書房便是佐川將來的房間。阿岩之前就已經把休息室的門和窗簾打開，佐川看到陽光從窗外透進來，偌大且一塵不染的空間泛著溫柔的顏色。

「我……我真的能住在這裡嗎？」佐川輕聲地問。

「當然了！不過我還未來得及再徹底地打掃一遍，可能要……」阿岩考慮了一下後說：「可能兩天後直茂你就可以搬進來了。希望你不要介意這房間有點簡陋，因為以往都只是供先夫在工作期間來這邊小睡一會。」

「哪會簡陋？這……這房間比起我現在住的地方好太多了！我那邊有老鼠在四處爬來爬去，屋頂又老是在漏水……這裡真的是好多了吧！」

阿岩跟高木對望一下，曾經到過佐川家的高木點點頭，確定那邊的環境就是這樣惡劣。當初也是因為如此，高木才向佐川提議，可以租借野田家的房間居住。

「阿亮沒跟我詳細說過你那邊的狀況……」阿岩望著遠方想了想後，說：「要不你今天就搬過來吧！」

「今天？不會太倉卒嗎？」

阿岩輕皺著眉，說：「直茂啊，你那裡是住不了人的。要是被老鼠咬了就麻煩了！要是你不介意的話，今天就搬過來吧！」

阿岩說的話又再直擊佐川的心扉。佐川想，世上怎麼能有這麼溫柔又善良的女人？自己又是憑甚麼能遇上阿岩呢？

「像佐川先生你剛才所說，難道你身為男人住進去不會有問題嗎？野田女士當初沒這樣的顧慮嗎？」的確，在佐川住進去阿岩的大屋那天開始，附近就有傳言指他們二人的關係並不尋常，有些更直指佐川是為了阿岩的財產，才與這個年紀比他大二、三十歲的老婦交往。這些傳言也間接令佐川成為頭號疑犯。

佐川搖搖頭，說：「沒有，當時阿岩就已經很歡迎我入住，在聽到我原先住的環境這麼惡劣後，更憂心地表示可以先讓我當晚就住進來，只要我不介意房間還未徹底打掃乾淨。就如我所說，阿岩真是個很好的女人，善解人意，又獨立能幹。龍一你知道嗎？阿岩的大屋裡除了我以外，還住了兩個在江山樓工作的臺灣藝旦彩雲和明月，而且阿亮的料理店女店員阿國也是住在那裡。這麼熱鬧的一間屋，全由阿岩一個打點。而且，阿岩居然還說得一口流利的臺語，你說她是不是太厲害了？」渡部聽著聽著，心裡數算著這回佐川又與幾多個女性有關連。到底是佐川天生就有著招惹女性的能力，還是這一切都只是個巧合？佐川一個男人住進有著四個女人的房子，渡部怎麼想都覺得怪怪的。

「聽起來，佐川先生你不單是愛著野田女士，還相當崇拜她。」佐川起勁地訴說著阿岩的優點，讓渡部開始覺得佐川是打從心裡尊敬阿岩。

「對，但是這麼好的人就這樣死了。這個願意接納我的所有，包括我的過去的人、這個願意在家門前掛上『佐川』這個姓氏的門牌的人，已經……已經不會再見到她了……」佐川說著說著又感觸得哭了起來。

提到野田家門前掛上「佐川」門牌這件事，當時阿岩家附近的鄰居本來就在議論佐川和阿岩的關係，而當這個門牌掛上的當天，鄰居們終於有一項確實的證據證實他們倆的戀情，臉上都洋溢著一副「看，我早就說了吧，果然是這樣」的滿足表情。

弄清楚佐川和阿岩的相遇過程後，渡部認為接下來總算要面對棘手的問題，就是在阿岩失蹤當日，即二月十三日，佐川那天的行程。

「二月十三日那天的早上，阿岩提到自己要回內地辦事，而我在中午時就外出了，在路上還遇上阿國；所以我根本不知道阿岩並沒有回到內地，而是在翌日就失蹤了。」這是佐川對渡部說的供詞。

「你確定是這樣，沒錯嗎？」渡部再三向佐川確定。

「對。龍一你剛才聽了這麼久，你也很清楚我根本沒有任何殺害阿岩的理由，對吧？阿岩死了，我才是最傷心的人。」

渡部此刻也說不出自己到底相不相信佐川。對，佐川一直都表現得深愛著阿岩，但渡部始終覺得佐川在言談間有所隱瞞；特別是佐川的供詞和其他鄰居所給的證供對不上。渡部翻出南署交給他的案情報告，邊看邊說：「佐川先生，你認識平川婆婆和大川婆婆嗎？」

「當然認識，她們兩個都是住在阿岩附近的鄰居，和阿岩的關係很不錯，不時也會來我們家裡找阿岩閒話家常的。」

「這兩位鄰居平川和大川婆婆都聲稱，你曾跟她們說野田女士是到了新竹探望生病的孫子，及後你才又改口說野田女士是回到內地去了。請問是不是有這麼一回事呢？」

「甚麼？這不可能，我從來沒跟她們說過這樣的話啊！一會兒到新竹，一會兒又說阿岩到了日本，那不是很可疑嗎？我為甚麼要這樣做？」

「你沒有向她們交代過野田女士的行蹤？」

「沒有，從來沒有。」

「那為甚麼平川婆婆和大川婆婆會對警方這樣說？」

「這我怎麼知道？」佐川帶點晦氣地說：「或許她們一向都不太喜歡我吧？我也不知道。」

「在法庭上可容不了這樣的答案。」

佐川生氣地瞪著渡部，憤怒著這個律師怎麼不是站在自己那邊。渡部倒是平和地回望著，從眼神中表達著「這就是我的工作」的訊息。

「而且阿國小姐也從沒提及在十三日的中午遇到外出的佐川先生。這和佐川先生你剛才所說的完全不一樣。」

佐川仍是不作聲，繼續生悶氣，好像整個世界都與自己為敵似的。佐川覺得自己好像開始有點討厭這個東京來的律師。本來在渡部面前就有點自卑的他，甚至把思想延伸至：「說不定人家從東京來所以瞧不起人，因此才會不相信自己這個鄉下人的說法」這種沒憑沒據且自暴自棄的假設。

「佐川先生，我從剛才一直對你說：我是你的代表律師，請你要相信我。你必須把事情的本末全都告訴我，否則身為律師的我也沒方法可以幫助佐川先生你。你懂嗎？」

佐川聽後便微微張開口，像是有甚麼想說，但猶豫片刻後，再度開口時只是重申：「我不知道平川和大川這兩位老人家為甚麼這樣說；我也不知道為甚麼阿國那天明明是看到我離開大屋，卻沒有向警方提起。我已經把事實的全部都告訴你了。就算是有其中一方的口供不可信，那問題肯定是出在她們身上。」

渡部看得出佐川的猶豫，但他更清楚知道自己要是把佐川迫得太急，他只會閉口不談。於是渡部順著佐川的說法延伸下去：「你的意思是，那三個人的口供都不可信？」

「對，就是這個意思。」佐川把雙臂抱在胸前，說：「就算我要編出謊言來欺騙她們，我也不可能謊說阿岩到新竹探望孫子去了。」

「不可能？」渡部輕皺著眉問：「為甚麼？」

「因為啊，阿岩跟她在新竹的兒子石川的關係根本就一點都不好，那個石川在新年期間不曾回到萬華探望阿岩，而阿岩也不會特意到新竹探望石川。所以我又怎會無端的說阿岩要到新竹呢？」

沒進展。這段對話根本就沒對案情有任何進展。渡部在心裡煩惱著。佐川有自己一套的說詞，其他證人有其他的說法。但要三個證人同時都說出不利於被告人的說詞？渡部心裡其實覺得不太可能。但佐川一直在這點堅持下去，這對話就只會一直地沒進展下去。於是，渡部再度提起金錢上的問題，想說這樣或許能得到些許進展。

「那麼，野田女士的臺北信用儲金在二月十五日至二十三日期間，陸續出現大額提款紀錄，而且野田女士原先存放在金庫的金銀珠寶全都不見了。佐川先生你有甚麼看法嗎？」

「我從一開始就跟你說了⋯我不知道。」又是這一句，聽得渡部心情愈來愈差。

「警方懷疑是佐川先生你殺人後偷走巨款。」

「要我說多少次都可以⋯我沒盜取過阿岩一分錢，我更不知道你說的那筆錢到哪裡去了。」

坐在渡部對面的佐川仍然維持抱著雙臂的姿態，一臉固執的模樣。渡部望出那扇在拘留室裡細小的鐵窗，窗外陽光普照，那片藍天好像比日本的來得沒那麼藍。

渡部輕輕呼了口氣，視線並未離開那扇窗，說：「那麼，如果不是佐川先生你殺害野田女士的話，你覺得誰最有犯案的嫌疑？」

佐川想了片刻，簡短地答：「阿國。」

「你是指高木先生的那位員工？」

「對，之前我就說過她也是同住在阿岩的家裡。除了阿國外，阿岩還把家裡的二樓租給兩個在江山樓當藝旦的少女彩雲和明月。這些我剛才都已經提過了。」佐川頓了一頓後，才繼續說：「不過，在我住進野田家後不久，就發現每個月一號的晚上，阿岩都會讓彩雲和明珠到她的書房大概逗留一個小時左右，而奇怪的是，那段時間是絕不准旁人打擾的。」

「不准旁人打擾？」

「對，神神秘秘的。我剛才不是說過，我的房間就在書房旁邊嘛。但每個月的一號，阿岩都會用一些理由請我到外面去，或許是叫我打理花園啊，又或許是讓我洗洗碗碟。阿岩以為我察覺不了，但其實我都知道，她就是不想我待在房間裡，好讓她們能在書房討論事情。後來我和阿岩相熟了才問及這件事，阿岩解釋說是因為那兩個女孩出身凄涼，所以才特意撥時間來和她們聊聊天，說些心底話。」渡部點點頭，覺得這個解釋也很合理。女生之間的悄悄話，不想要讓其他同住的人聽到也是正常的。

「但有一次，我從外面回來時，就撞見阿國在阿岩的書房外想要偷聽她們的對話。我那時還以為阿國只是好奇八卦，怪阿岩沒有讓她參與這樣的女生聚會。但現在想來，可能阿岩和彩雲明月是有著甚麼不可告人的秘密，而阿國知道了後就把阿岩殺害了。」佐川把自己的推論說出來，雖然渡部覺得那都是些沒證據的推敲，但難得佐川不只是重複說著「不知道」，渡部也就順著他，由他繼續說下去。

「怎麼你會這樣想呢？野田女士和兩個藝旦之間能有甚麼秘密，讓同住的房客阿國動了殺機？」

佐川望著渡部，好像在評估著眼前這個人有多可信，然後抿一下唇後說：「其實啊，每個月阿岩都會從內地運來一堆貨物。雖然裡面大多是家裡需要的物資，但當我到碼頭想要幫忙搬運時，總有一箱是阿岩不讓我經手的，堅持要自己來收拾。後來，我看到阿岩把箱子轉交給彩雲。」

「那裡面裝的是甚麼？」

「我不知道。」佐川說：「明知道阿岩十分重視那個箱，我又怎可能在未經她的同意下拆開來偷看？所以我猜想，阿國可能是發現了裡面的東西，才會……」佐川嚥一下口水，不想再說下去。

「依你所說的，那兩個藝旦彩雲和明珠不是比阿國更可疑嗎？如果事情真如佐川先生你的猜測，彩雲明珠和野田女士既然在秘密的進行著甚麼，那她們可能是事敗了所以把野田女士殺害，也可能是已經事成了所以要把她滅口……」

「不可能。」佐川斬釘截鐵地說：「她們兩人早在上年年末就退房了，大家為她們辦了場盛大的歡送會，阿岩還哭著送別了她們。而且，她們和阿岩的關係看起來很好，兇手不可能是那兩個女孩。」

「關係看起來很好」所以就「不可能是兇手」，渡部在心裡想，還真是頗符合佐川這個人一廂情願的想法。

「所以我認為會殺害阿岩的，最有可能就是阿國了。欸！」佐川像是忽然想到甚麼似的拍了一下大腿：「對了，她現在更是向警察隱瞞了自己曾在二月十三日看見我外出的事實啊！這樣不就已經很可疑了嗎？」

「那麼依你所見，難道阿國和野田女士的關係很惡劣嗎？」

佐川認真地想了一陣，才開口說：「我不認為是惡劣。嗯……該甚麼說呢？就是有種，她們二人彼此都只是在說客套話，而並沒有在交心的感覺。龍一，你是律師，你必定懂吧？就像現在，我就是真正的把自己的真心交託給你。你能感受到吧？」

渡部沒有回答，只是曖昧地對著佐川笑了一下後，問：「佐川先生，剛才聽你提到，野田女士的家住了三個年輕的女生，分別是彩雲、明月和阿國。老實說，難道你就沒有為這些女生動過心嗎？每天朝夕相對，多少會有點感情吧？」渡部推測，可能是阿岩發現佐川與其中一個女住客相交甚歡，產生妒意，佐川不勝其煩於是動了殺機。在現階段的問話中，渡部不打算漏掉任何一個可能性。

「你這是甚麼意思？我不是明白地告訴過你，我深愛著的是阿岩。那我的心又如何再容得下多一個人呢？我一次只能愛著一個人，這是我的信念！我對阿岩的愛是忠貞且純潔的！我對其他女生毫不感興趣。更何況，阿岩也從來不是個善妒的女人，所以你那些爛透了的猜想是不可能發生的。」

渡部望著佐川那雙像是馴鹿般的眼睛，他也好想能夠相信佐川並不是兇手。

六月十日 午後三時五十分

渡部龍一步出南署。和佐川直茂的見面比預想中長，不清楚佐川是否對渡部說了多餘的話。

渡部隨後並沒回到他的住處，而是走向老松町和新起町的方向。約十五分鐘後，他到達了阿亮料理店。途中並沒有和其他人交談或互動，也並無異樣。

渡部從南署出來，邊走邊想著佐川說的話。渡部當了律師八年，以律師這個職業而言算不上是長。但這些年他遇過很多不認罪的客戶，有些真的甚麼也沒幹，清清白白的；但也有些是想賭一局看看或許能僥倖脫罪。渡部不知道佐川是哪一種，他關心的是案件的真相。如果客戶的確沒犯罪，他必然盡全力為客戶脫罪；但假如客戶是犯了法，他就會盡力勸客戶認罪以求減刑。但佐川不認罪也罷了，卻只提出了一個根本不靠譜也毫無實質證據的推理，說阿國才是兇手，而動機和阿岩與那兩個藝旦有關。

「好，振作點吧！你做得到的！」渡部輕聲地為自己打一打氣，希望能讓頭腦清晰一點。因為他準備要和那個佐川口中最可疑的人見面。

走著走著，渡部不用十五分鐘的路程就走到高木亮開的料理店——阿亮料理店。料理店在一幢樸素的兩層木建小建築裡，附近有好幾間舊書店，算是挺熱鬧的街道。渡部猜想，來這間阿亮料理店進餐的客人，可能多半都是在舊書店裡挖寶後，滿載而歸的文化人；也或許是閒得發慌的老人，到舊書店消磨時間後，來到料理店吃點東西填飽肚子。

「不好意思，請問有人嗎？」渡部看到門前掛著「休息中」的牌子，便在門口大喊，希望店裡的人能聽到。

「呀……沒有人在裡面嗎？」渡部見良久沒人回應，便想要轉頭就走。雖然白走一趟了，但幸好也不是很遠的路程。

「請問，先生您是客人嗎？我們料理店這個時段沒有營業。」一個穿著大襟衫，搭配西式膝下裙的少女在料理店外的不遠處對渡部說。渡部見這個二十歲左右的少女的打扮不太像是本地日本人的打扮，膚色也帶點黃，不像日本女生所追求的亮白，但她的日語卻是無可挑剔地流利，沒一絲本島人的口音。這種種些微的不協調，讓渡部一時間反應不過來，就這樣愣住了。

「客人？您還好嗎？」雖然少女的語調用詞十分有禮，但她的臉卻是冰冰冷冷的，並沒有掛上平日服務業者常有的標準待客笑容。或許是在戒備著面前這個在探頭探腦的男人，也或許是少女天生就是這副冷淡的表情。

「不好意思，我剛剛走神了。」渡部決定還是以日語來回應少女。其實除了日語和少量的英語外，渡部根本不懂其他語言，更別說想要以臺語和當地人交談。所以日語是渡部的唯一選擇。

「我不是來用餐的，我是來找這店裡的一個叫阿國的員工。請問你認識她嗎？」

「原來您不是客人，剛才真是失禮了。」少女向渡部鞠躬，說：「我就是阿國。」

「阿國小姐你好，我是渡部，是佐川直茂的代表律師。」渡部也隨著阿國微微鞠躬：「請問你認識野田女士嗎？」

「是的，我認識。」阿國的表情沒半點變化，絲毫沒有為渡部這個突如其來的問題感到驚訝。渡部猜想，是因為之前就已經有不少警方的人來找過她嗎?

「我今天來是想要詢問一些有關野田女士命案的相關事情。請問你現在是否有時間可以回答我的問題？」

「可以。」阿國沒有考慮就簡潔地答應，乾脆得令渡部有點錯愕：「請先進來再說。」

阿國把料理店的木門打開，門前的木牌維持著「休息中」那一面。渡部從打開的門稍稍窺看到裡面的陳設，就是普通的和食料理店的模樣。

「但你們不是還未營業嗎?我進來打擾會不會不太方便？」渡部雖然這樣說，但還是跟著阿國走進料理店。既然人都來了，渡部也不太想要再多走一轉。

「不會。自從找到阿岩小姐的屍體後，我就從她的大屋搬了出來。高木老闆於是讓我先暫時住在這裡的閣樓。」阿國指了指頭上的天花板，說：「所以高木老闆准許我就算店裡不營業也可以進來。」

「原來是這樣。說起來，我也是受高木老闆委託，替佐川先生辯護的。看來高木老闆挺喜歡幫忙的。」渡部試著找話題跟阿國閒聊，想要讓氣氛輕鬆一點。不過阿國沒有理會，只是忙著在廚房裡張羅。

渡部找了一張木櫈坐下來，抬頭四處張望。料理店的店面沒有很大，只有大概十數個座位讓客人用餐。店裡的廚房並沒有間隔開來，所以一進門就能看清整個店的空間。渡部沒有看到店裡有通往閣樓的樓梯，所以猜想阿國現在的住處大概是要從店後的樓梯才能上去。雖然此刻並不是營業時間，但渡部還是能嗅到一股殘留下來的食物香氣。渡部能嗅到肉類油脂的味道，加上淡淡的醬油鮮香。是燒肉嗎？還是火候十足的燉肉？他不禁對幻想中的美食嚥了一下口水。

阿國從廚房走出來，同時端了一杯熱茶放在渡部面前的枱上，然後坐在相隔渡部一個座位的櫈上，保持著讓彼此感到舒適的距離。

阿國望著渡部，欠缺生氣的眼神像是催促著他開口。

「我今天來主要是有一些有關案情的問題想要請教。」渡部邊說邊在腦海中盡量調整自己的用詞。理論上，身為疑犯辯護律師的他應該要跟證人保持一定的距離以避嫌，但他就是想弄清楚案件的來龍去脈。

「我又不是要滋擾證人，或是要迫他們更改證供。」渡部在心裡讓自己踩界的行為正當一點：「不過是問一下案情的事情而已。」

渡部繼續對阿國說：「想問一下，你在二月十三日當天的行程是？」

「我那天從早上六時就一直在阿亮料理店工作至晚上九時。一直到放工後才直接回到野田家。」

「阿國小姐你在當天的早上有見過野田女士嗎？」

「沒有。阿岩小姐一般都沒有那麼早起床，通常都是我最早出門的。」

「那麼，阿國小姐你有沒有在上班的中途回到野田家？」渡部最想要問的就是這個，他想要確認佐川的說法。

「沒有。」阿國仍是簡單但肯定地回答，使渡部心裡有點失望。

「因為佐川先生說，他在二月十三日那天的中午就離開了野田家。而他離開的時候有撞見到剛巧要回家的你。」

「那天店裡很忙，我根本沒有時間回去。」

「這樣子……」渡部撫著臉頰，顯得有點苦惱。渡部在心裡想，難道佐川是在騙我的嗎？為的是讓我相信他在二月十三日早上就出門了？但他為甚麼要說這樣的謊言呢？就算能證實佐川在案發當日早上便離開了野田家，佐川也大可以是在早上的時段殺害阿岩並且埋葬好屍體。所以佐川堅持在出門時遇到阿國是為了擾亂調查方向嗎？是為了嫁禍給阿國，令阿國成為最後一個見過阿岩的人嗎？

還是佐川說的是真話？渡部一不小心便又回到這個思緒迴廊的起點。

阿國靜靜地望著渡部，沒有說些甚麼。

渡部察覺到阿國的視線，明白自己在腦內再繼續想下去也只會浪費阿國的時間，於是開口問：「那麼，在阿國小姐眼中，佐川先生和野田女士是怎樣的人？」

「佐川先生是我的鄰居，而阿岩小姐是我的房東。」

渡部等著阿國繼續說下去，但阿國就只是說了這麼一句就完了。

「……就這樣？」渡部說：「可以再形容多一點嗎？例如他們的個性、他們之間的關係怎樣——之類的。」

「我沒有和他們很熟，所以談不上能形容他們的性格。但佐川先生和阿岩小姐是情侶關係，這個是住在老松町附近的人都知道的。」

「以你所知，他們有沒有吵架？特別是在二月十三日前的一段日子，他們之間的氣氛有沒有甚麼不同？」

「沒有留意。像我之前所說，我每天早上六時到晚上九時都在料理店工作，一個月也就只有兩天休假，會待在野田家的時間其實並不長。」

「那麼，還有沒有其他特別的事呢？可能是一些奇怪的事，或是阿國小姐你覺得不太自然的事，這樣的也不妨跟我說。」

「我不太清楚渡部先生你心目中想要的答案是甚麼。」阿國冷冷地說。

這句話刺中了渡部。沒錯，自己已經是踩著灰色地帶來向阿國問及有關案件的事，到底還想從她口中得到甚麼才繼續糾纏下去？自己是不是已經對這個案件有甚麼假設了？

「阿國小姐你誤會了，我只是想知道多點有關這個案件、有關野田女士和佐川先生的事而已。」

「但我知道的不多，而且已經全都告訴警方了。」阿國沒甚麼情感地說：「抱歉渡部先生，我無法幫上甚麼忙。」這句對渡部而言與其說是真心感到抱歉，其實還比較像是逐客令。

「那麼，我今天先告辭了。」渡部把仍是溫熱的茶喝光後，便站起身離開。

阿國送渡部到門口後，把渡部剛喝過的茶杯收回廚房裡清洗。才剛抹乾杯子時，料理店的門就忽然打開了。阿國抬頭一看，出現在門前的是剛離開不久的渡部。

「不好意思阿國小姐，我可能需要你的幫忙。」

渡部帶著狐疑的阿國繞到料理店後，那裡相較店前的大街清靜，平日沒幾個人會經過。不遠處有棵長得茂密的木棉樹，花蕾佈滿了樹枝，有好十幾朵已提前盛開著橙紅色的艷麗花朵，花的重量把樹枝壓得垂了下來；在木棉樹下坐著一個老婆婆。

「我剛才看到這個婆婆，她看起來好像不太舒服，於是我想問她有沒有甚麼可以幫忙。但……看來她聽不懂我說甚麼。」渡部心急地說：「可以麻煩阿國小姐，看看你能不能跟她溝通嗎？」

「婆婆，你沒事吧？」阿國用臺語向老婆婆問。

「呀，我沒甚麼事，只是腳痛起來，所以坐在這裡休息。不知道是不是早上走路到山上的廟拜拜，走那些山路走得累了。年紀大了，真是年紀大了。」老婆婆朝右邊指著，說：「不就在那邊嘛，小姐姐你也可以去看看啊。不過別看那裡香火不怎麼鼎盛，很靈驗的啊！你相信我吧，要不我也不會特意走上去啊。」

老婆婆說完後，又瞄了瞄在阿國身後的渡部，略顯憂心地說：「剛才這個日本人在說了一堆，我都聽不懂他想怎樣。是不是我坐這裡礙著他了？」這次老婆婆倒不如之前一般直接用手指向渡部。

完全聽不懂的渡部只是站在旁邊，皺著眉盡全力嘗試理解阿國與老婆婆之間的對話。他甚至連老婆婆已經把話題轉到他身上也不知道。

阿國回說：「沒這回事，他只是想知道你會不會需要幫忙。」

「沒有沒有，我才不需要他幫。」老婆婆揮著手，連忙推卻，又回復到一貫豐富的肢體動作。

於是，阿國把老婆婆的話翻譯給渡部聽。怎料渡部忽然轉過身，用背對著老婆婆，說：

「那我來揹婆婆回家吧。」

「她都說了不用渡部先生你幫忙了。」

「不要緊，來吧。天氣這麼熱，一個老人家坐在這裡也不好受。」

阿國輕嘆了口氣，便把渡部的話轉達給老婆婆聽。果然，婆婆再次拒絕了渡部的幫忙。但渡部還是一直堅持，到後來老婆婆也說他不過，就乖乖的爬上了渡部的背。阿國自然地也被迫地擔當翻譯的角色，一路上替老婆婆為渡部指點回家的路。

「這個日本人真是奇怪。我原本還以為自己犯了甚麼事，嚇壞我了。」老婆婆笑呵呵地對阿國說：「哪有人像他這樣，硬要幫忙？」雖然口裡說渡部很奇怪，但顯然婆婆還是挺欣賞他的。幫渡部提著公事包的阿國只是笑了笑，沒有開口回應。

渡部見阿國沒有翻譯成日語，便轉過頭微喘著氣問阿國：「婆婆說甚麼了？是不是有哪裡不舒服？」

「不是，婆婆只是在說，剛才她以為自己犯了事，才會被渡部先生你問話，所以有點嚇到了。」阿國沒有把婆婆後面的話譯給渡部聽。

「嚇到她真是抱歉了。我以為大家都會說日語，所以……」渡部會有這樣的錯覺也是不足為奇。今年是日本統治臺灣第三十七年，總督府在臺灣推行的六年國民義務教育中，規定學生要學習日文。現在絕大部分的臺灣人都能說日語，有些甚至在日常生活中也是用日語溝通。渡部沒想到，還是有一部分老一輩的臺灣人是不精通日語的。

「真的抱歉了，是我考慮不周。」渡部再次補上一句道歉。

阿國聽後，只是繼續靜靜地跟在渡部的身後，望著他揹著老婆婆的背影。

走了大概半個小時，終於到了老婆婆的家。婆婆想要邀渡部到屋內喝杯茶，渡部本來想答應，但看了一眼阿國後，怕會耽誤她的時間，便還是決定婉拒。於是婆婆就在家門前高興地用臺語對渡部說：「多謝，多謝！」渡部也跟著婆婆的發音，不太標準地邊說著「多謝」，邊微微欠身離開，逗得老婆婆笑得更開懷。

待走得有點距離了，渡部才問阿國：「阿國小姐，其實『多謝』是甚麼意思？」

「就是感謝的意思。」

「哈哈，我還以為是『再見』。」渡部朝阿國笑著說：「完全誤會了。」

阿國低著頭，說：「我要回店裡做準備了，再見。」

渡部望了望天，天色開始有點昏暗，便說：「呀，我也要到那邊去。要不我們一起走？」

阿國一直走在渡部後一點的位置，保持著一定的距離。渡部也沒有勉強她，隨她走在自己身後。

「對了，阿國小姐是臺灣人嗎？」

「我在臺灣出生，但在不到十歲大的時候就被日本人收養了。」

「原來如此。」渡部轉過頭對阿國說：「阿國小姐說臺語時的語調很好聽呢。」

這是第一次有人稱讚阿國的臺語好聽。一般而言，大家都只會讚她的日語流利，或是說她的日語對答很標準、用字精確。她也曾經一度為自己優秀的日語能力感到驕傲。但這刻渡部輕鬆地說出口的一句話，竟令阿國心裡有段難以形容的感覺。有點開心，但又有點心酸的。阿國覺得自己好奇怪。

二人一路上只是默默地走著。阿國在渡部身後，看到他的視線跟著一隻橫過路邊的花貓。花貓懶洋洋地慢慢走過二人的面前，嘴角微微向上揚的渡部看起來心情甚好。阿國猜想，渡部是個喜歡貓的人。

「渡部先生，」阿國才一開口，渡部就馬上回過頭看著她：「你為甚麼要這樣費心神查這案子？反正無論結果如何，高木老闆都會把薪酬全數付給你，不是嗎？那麼佐川先生被判有罪無罪，對你來說不是沒分別嗎？」

一直以來和阿國的對話裡，都是渡部向阿國提出問題。這次是阿國第一次主動開口問渡部，使渡部格外認真地思考該怎樣回答。

「嗯……我不覺得沒分別。我當律師並不是為了錢……當然錢也是十分重要，畢竟我是以『律師』為職業維生的。該甚麼說呢？我不是單純為了薪金才當律師。我認為必須了解事件的全部，才能妥善地為我的客戶辯護。這樣說的話，阿國小姐你能理解嗎？」渡部解釋說。

渡部沒聽到阿國的回應，便停下腳步回頭看看阿國。怎料看到阿國一臉吃驚的樣子，像是對渡部剛才說的話難以置信。「渡部先生的意思是，你不是個唯利是圖的律師，不會為了錢而草草結案？現在不是，過往亦不曾是？」

「說到唯利是圖，」渡部笑了笑，說：「我在快要離開日本時，的確有人在法律界散播我是個唯利是圖、是個愛錢如命的律師，更說我是因為這樣才會被日本法律界拋棄而要來到臺灣執業。」渡部看著阿國的大眼睛，說：「但那只不過是基於某些原因的惡意中傷。」說到這裡，渡部就又想起不久前的往事。

渡部停了下來，補充說：「剛才說，我想要了解事件的全部，然後妥善地為我的客戶辯護——這樣說的話好像是過於偉大了。其實可能只是我自己個人不想世上多一宗冤案。至少在我手上的案子，我不希望它們成為令人悔恨的冤案。單純地就是這樣而已。」

渡部抬步繼續走，用帶點自嘲的語氣輕聲說：「說到底，其實只是為了自己的感覺良好罷了吧。」

「就像是幫助那個婆婆，也是為了感覺良好？」阿國不解地問。

「說不定是呢。」渡部說：「聽起來很自私，對吧？」阿國不置可否，因為她無法理解為甚麼幫助別人是一件能讓自己感覺良好的事。

「到了。」他們到了能看到料理店的範圍後，渡部說：「對不起，被我耽誤了你的休息時間。要不我去跟高木老闆解釋……」

「不用了。我自己能處理好。」

「那麼，」渡部用剛學到的臺語說：「多謝！」

阿國不解地望著他。

「謝謝你陪了我走這一趟。」渡部不好意思地說：「還是我的發音太糟糕了？」

原本滿懷心事的阿國這才輕輕笑了出來，說：「沒有，你說得很好。」

渡部也跟著笑了起來，說：「那我先回去了，再見。」

「再會。」阿國用臺語說。於是渡部又跟著把「再見」的臺語學起來。

「這樣我就學懂了兩句臺語，不會再嚇怕老婆婆了。」渡部開玩笑地說，使阿國的笑容又深了一點。

六月十日 午後五時半

我在料理店待了一會，等渡部走遠。在新起町三丁目找到渡部的身影後尾隨。由於現在渡部已經見過我，所以無法近距離跟蹤。他其後朝住處的方向走，沿路到一間料理店買了便當後，在六時十分回到住處。

「我認為你不應再負責監視渡部龍一。他已經知道你是誰了，很容易在跟蹤的過程發現你。」

「我不同意。」

「那被他發現的話怎麼辦？」

「我自有辦法。」

「是這樣嗎？還是你有甚麼個人理由想要繼續跟在渡部龍一的身後？」

「……」

「既然你主張自己有能力繼續勝任的話，我也不會阻礙你。但你一定要記得，我在今天晚上是有勸導過你的。而且，在日後失敗時，你必須要對這個決定負上全部責任，與其他人無關。」

「遵命。」

「那麼，期待你的優秀表現。」

六月十一日 午前十一時

渡部從住處出發。他最後的目的地是江山樓。不太可能是從警方的資料得出江山樓這道線索，比較可能是佐川對他說了有關彩雲和明月的事。

昨天和阿國的對話裡沒甚麼線索，於是渡部抱著一絲希望到佐川曾提到的江山樓。曾在野田家租住的兩個藝旦：彩雲和明月，就是在江山樓工作的。佐川說她們好像和阿岩進行著甚麼神秘的事，但渡部其實也不抱期望能在江山樓找到甚麼證據。

在問到彩雲和明月這兩個前員工時，負責接待的女生也只是說她們的表現都很優秀，並沒甚麼異常。

「我當然還記得彩雲和明月她們了，」接待渡部的女生說：「她們都是我們江山樓當紅的藝旦。彩雲歌藝了得，人美聲甜；明月則是琴技超卓，一手琵琶彈得出神入化，不少客人可是特意為了一睹她們的風采才來。當時她們說要離職，我們一眾姊妹也是十分捨不得啊。」

女生微微瞇著眼，像是在細味著當時的情景。渡部這才留意到眼前的女生雖不施脂粉，但五官精緻，不難想像只要略為上妝便即美艷動人；加上女生以「姊妹」稱呼彩雲和明月，渡部猜想這個女生或許也是江山樓的藝旦。

「不過知道她們離開是因為要嫁人了，也是替她們高興。聽說她們都嫁得很好，對象的條件都很優秀。明月要回鄉結婚，而彩雲則是嫁到日本去了。像我們這一行，『要結婚了』

是十分普遍平常的離職理由。」女生笑了笑，繼續說：「也總不能一輩子當藝旦吧？」

渡部微微歪頭，問：「為甚麼不能？」這倒讓女生愣了愣，然後才掩著小嘴輕笑著，眼角流露出的媚態讓渡部看得呆了。女生這才說：「客人你真懂開玩笑！哪會有客人願意花錢來看花容凋零的藝旦呢？到了差不多的年紀，我們就得退下來了；而彩雲和明月也是到了這個差不多的年紀了。客人啊，花開的時間很短暫哦。」女生垂下眼，一下子顯得有點落寞，但隨即她又回復剛才的神情，對渡部說：「所以客人你要趁著花朵仍然盛開的時候，多點來江山樓看看我們！」

渡部尷尬地笑了笑，也不懂怎樣回應。他做不出當面回絕這樣直接得冰冷的事；但也沒法信口雌黃地答應，因為他事實上去不起像江山樓這樣昂貴的店。明明像這樣的對話根本誰都沒在認真，但渡部偏偏就浪費心力想著這些沒甚意義的事情。

渡部以往在東京時有到過類似江山樓的店一次，只不過來侍酒的是日本藝伎，還是因為被當時的客人強行帶去，說甚麼「要到那店裡聊事情才有氣氛」云云的。當時渡部就已經很佩服日本藝伎的表演了，驚嘆於怎麼能有這麼美艷的人呢。可是當日本藝伎們坐到他身旁，想要替他倒酒聊天時，渡部就像現在一樣反應不過來。

「渡部啊，看你整個人不自在成這個樣子，你該不會從沒試過和女生靠得這麼近吧？好純情哦！」早已喝得半醉的客人硬塞了一杯酒到渡部的手裡，同時指著他笑著說，身旁的三個日本藝伎也陪著輕笑起來。

「也……也不是。」渡部雙手握著酒杯，沒有把它放到嘴邊。他一直在準備著隨時與客人討論官司上的正事，多了解一點有關案件的詳情，好幫助思考日後在法庭上的辯護策略，所以叮囑自己必須保持清醒；哪想到客人的心裡早就飛走了，根本沒有要跟他談公事的意思。

「我說你啊，身為律師要多點來這種有錢人愛到的地方，好好適應適應。你總不想一輩子替窮鬼打官司吧？」客人用意味深長的眼神望著渡部，說：「特別是在那件事後，你也過得很不容易吧，渡部律師？找些出手闊綽又有權勢的客戶，不是更好嗎？」

渡部微張了口，本想說些甚麼，但還是把手上的酒喝下去罷了，這樣就可以把想說的話一併吞回去。他不同意客人的想法，但是在細想後，漸漸不覺得有必要出口糾正。「別做多餘的事，」渡部在酒精熾熱著胃部時告誡自己：「你很清楚後果，所以別再做多餘的事了。」

渡部嘆了口氣。

沒想到現在人已在臺灣，卻還是會偶爾想起日本的夢魘。

渡部循著女生的帶領，在江山樓逛了一圈。一幅在牆上的照片引起了渡部的注意。照片是十二個男性的合照，裡面的背景明顯是渡部現在所身處的江山樓。而令渡部留意到這照片的原因，是在這十二個男人當中，只有一個身穿和服的男人，其他人都顯然是本地人，這使那位和服男顯得頗為突兀。

「這張照片是？」渡部指著照片望向女生，期待在江山樓工作的女生能給他一個答案。

「那是我們老闆和好幾個熟客一同拍的照。我記得聽張叔提過，這幾位客人好像都在參與同一個組織的，名字叫……」女生苦苦思索，卻不果：「對不起哦，我忘記了。」

「不要緊。那……」渡部指著照片中那位穿和服的男子，問：「你知道他是誰嗎？」

女生走近渡部的身邊看清楚照片，渡部能聞到她身上有股甜甜的香氣。

在渡部往後退了一步時，女生搖搖頭說：「對不起，我認不出這位客人。抱歉，甚麼忙也沒幫上。」

渡部看著女生在鞠躬致歉，連忙說：「不要緊，真的不要緊。你能讓我在店裡看了一圈已經是幫上大忙了。我才是要向佔用你的時間感到抱歉。」

「對了，不如我找張叔過來，他可能會知道。」女生說。渡部還沒反應過來，她就已經先一步行動了。

渡部乘著等待的空檔，再次仔細看清楚相片上的人。他特別留意那個穿和服的男人：蓄著鬍子，濃眉且五官深邃，眉宇間帶著一份溫柔；他的站姿帶著既具威嚴又優雅的氣質，像個貴族出身的紳士一樣；但臉上和藹的笑容又表露著這個男人和善輕鬆的一面。

「又因為我隨口的一句話，便麻煩到別人大費周章。」渡部不好意思地自我檢討著：「不過是照片裡一個身著和服的男人罷了，到底有甚麼好在意的呢？」

不用多久，女生帶著一個上了年紀的大叔回來。

「張叔，這位客人想知道有關這張照片的事。」

於是渡部又向張叔問了同樣的問題。

「哦，這位先生是野田民治。」張叔微笑著說，又指了指剛才女生離開的方向：「阿甜她來我們店的時間沒很長，所以才會認不得民治老爺，客人你別見笑。」看來阿甜指的就是剛才和渡部交談的女生。

張叔望回相片，繼續說：「這位民治老爺生前常來這裡，總是很和氣的叫我們不用拘謹，別『野田先生野田先生』的喊，直接叫他民治就好了。我們又怎麼敢直呼客人的名字呢？但是他很堅持，最後我們都叫他民治老爺。唉，民治老爺真是個很好的紳士。」張叔說時帶著淺淺的笑容。

「野田……」渡部想了想後說：「他的妻子是野田岩嗎？」他在案件的報告中有看過野田岩的背景資料，所以還記得阿岩的先夫就叫野田民治。

「對！」張叔吃驚地望著渡部，說：「哎客人你是怎麼知道的？難道你也認識民治老爺嗎？不對啊，如果是這樣的話，你應該能從照片裡認出他啊。」

「我……我是在報紙上看到的。前陣子那個把屍體埋在辣椒樹下的案子不是很轟動嗎？死者不就叫野田岩嘛。」渡部說，他直覺地想要隱瞞自己是疑兇佐川的辯護律師這個身份。

「啊，原來是這樣。」張叔邊點著頭邊說：「客人你看的是《臺灣日日新報》吧？」

渡部點點頭。《臺灣日日新報》由總督府發行，幾乎是臺北唯一的報業。要是在臺中臺南的話，還有《臺灣新聞》和《臺南新報》這些選擇。臺北人想要知道每天發生的新聞，比較富有的家庭會以收音機聽電台的廣播，其餘識字的都是讀這份《臺灣日日新報》，所以張叔才會這樣推斷。

「那個阿岩真的是……要我說的話就是害人不淺。」張叔說。渡部望著張叔，有點懷疑自己剛才是聽錯張叔的話。

「你是說害人不淺嗎？」

張叔意味深長地點一下頭，繼續說：「她這個女人啊，也不懂得感激民治老爺對她的好。我聽說，民治老爺當年就是被阿岩不知怎的誘惑了，弄得迷迷糊糊的，也不顧家人反對，執意要娶她入門；還不惜與自己的家族翻臉，弄得失去繼承權。結果了？民治老爺才去世不到一個月，那個女人就帶其他男人回家了！」

「男人……是指佐川直茂吧？」

「對！」張叔又是一點頭，似乎對渡部對案件的熟悉很滿意：「那個佐川，帥是蠻帥的，但光看樣子就知道他不是甚麼正派的人，對吧？」

渡部望著張叔期待他跟自己同聲同氣的眼神，只是微微歪一歪頭，不置可否。

張叔也沒有迫渡部回應，繼續說下去：「我跟你說，不是因為我認識民治老爺才會替他不值。這附近的人都知道阿岩和佐川的事，只是他們表面上都裝作沒甚麼，但背地裡都會說那個佐川一定是看準了民治老爺留給阿岩的身家財產，才會和這個老寡婦交往的。」

「是嗎？這附近的人都這樣說？」

「對，打從佐川住進野田家的大宅後就開始了！」張叔繼續說，顯然很樂於替渡部解惑：「真的欸，雖然阿岩的確是保養得宜，看起來比實際年輕，但畢竟已經五十多歲了，而且又是個結過婚的，佐川這種正值壯年的男人哪會看得上眼？說到底還不是為了錢。枉民治老爺留了生前的一切給阿岩，人走茶涼，哪想得到最終留下的東西都給那個佐川花了？可惜啊。我說，當年阿岩一定也是看準了民治老爺的錢才接近他，今天輪到自己被年輕男子騙走錢財還丟了性命，這不是報應是甚麼？還好現在那個姓佐川的被抓了，真是天有眼啊。」

渡部也見識過不少因金錢引起的惡，說不準事情的真相的確就如張叔所說的一樣，一切都是錢惹來的禍。

「對了，野田先生和這裡的老闆很熟嗎？」渡部指了指牆上的合照問。

「當然當然，」張叔連連點頭，說：「民治老爺是這裡的常客，我們老闆也常到他那桌一同用餐。這麼說來，民治老爺不止是和老闆熟，他和來這裡的大部分文人都很熟。不過以民治老爺愛交朋友的個性，會這樣相識滿天下也是不足為奇。他可是連我們這種下人也願意結識的大好人啊！」

渡部點點頭，看來野田民治在江山樓的人緣還不錯。「剛才那位小姐說，這照片裡的人都是同一個組織的，張叔你知道嗎？」

「當然知道！不就是臺步社嘛，他們常常在開會後就來這邊用餐……」一直口若懸河的張叔，說到這裡竟然就打住了，面上露出猶豫的神色。

「怎麼了嗎？」

「……沒甚麼沒甚麼。」張叔臉有難色地笑了笑，揮著手說：「後來他們也很少來這裡聚會了。」

「為甚麼了？」渡部問。他雖然看得出張叔已經明顯地有了戒心，未必再會像剛才一樣滔滔不絕，但他還是想問下去。

「啊，不就因為警察那陣子不時會來這裡巡查……」張叔含糊其詞地說：「我們這裡不過是用餐聽曲的店，也不是甚麼可疑的地方，他們自然也是查不出甚麼來的。」

「警察？是和野田先生有關的嗎？」

「……其實我知道的也不多。那時好像的確是從他們口中聽到臺步社啊、民治老爺和他的好幾個朋友的名字；但我是真的不知道他們牽涉到甚麼事件裡。」張叔說：「不過啊，這個年代還是不要亂搞甚麼組織啊甚麼團體的。我是不懂政治，也不理政治的人。人啊只要過得安定繁榮的，不就好了嗎？你看現在的臺北不是很好嗎？大稻埕多熱鬧興旺！繼續把現狀維持下去也沒有甚麼不好的，哪需要搞甚麼改革、民主，對吧？那些甚麼有的沒的又不能當飯吃，又有甚麼好爭取的。」

「所以，臺步社是政治團體？」渡部大膽推測著。

張叔連連揮手，忙說：「我從來沒這樣說過！客人你饒過我吧，我真的不知道！」

就在渡部仍在消化張叔的話時，張叔又說：「要是客人你沒其他需要的話，我要回去工作了。失陪了！」便逃也似的離開了渡部身邊，看來是自覺對渡部這個陌生人透露太多。

渡部不期然想起之前佐川說過，阿岩和彩雲明月似乎在進行一些不可告人的事情。

「這該不會和野田民治、以及臺步社有關吧？」如在迷霧的渡部不禁將兩者連繫在一起。但他還是完全想不通這兩件看來無關的事，除了江山樓和野田家這兩個連結外，還有甚麼其他的關連。

二、在高處俯瞰平等

年少的阿岩常常感到這個世界是不公平的。她在栃木縣出生。她從未見過自己的父親，她的母親是個在當地辣椒園採辣椒的女工。阿岩不明白，為甚麼母親無論多努力地工作，她們的生活還是一如既往地一貧如洗。在阿岩十二歲的時候，母親因勞成疾，不久便去世了。阿岩這才第一次看到母親睡得安詳的樣子，終於從欠缺金錢的不安中脫離了。阿岩想，死亡或許是她們這種人的唯一解脫。

直到阿岩遇上野田民治，她就更加肯定這個世界是不公平的。

野田民治和阿岩原本應該是兩個不會有所交集的人。野田民治出身於愛媛縣，家族擁有大片果園，令野田家在當地算是個顯赫的家族，同時令身為本家獨子的民治從小過著不愁吃喝的生活，也讓他無法想像「貧窮」的滋味。

野田民治是在阿岩工作的旅館認識阿岩。

當時民治只是剛巧隨家人到栃木縣拜訪一個在生意上往來的熟人，但在旅館見到當幫傭的阿岩後便一見鍾情。阿岩對民治的追求本來不為所動，猜想他只是個想要點新鮮感的普通男人而已。以往也有其他男人對阿岩獻殷勤，但全都是另有所圖的。後來知道民治是個富有家族的少爺後，阿岩不禁感到了希望，隨之而來的是她所鄙視的貪念。

「這個人擁有所有我從未得到過的一切，或許他能帶我逃離現在不堪的生活，或許答應他的追求是我生命中的一個轉機。」阿岩不斷這麼想的同時，她便愈更討厭有這種想法的自己。於是，儘管不喜歡民治，十九歲的阿岩還是和三十歲的民治在一起，就只是為了有一點可能去改善自己的生活。

野田家當然反對他們交往。民治生為本家的獨子，他有著要承繼家業的重責，怎麼能娶個地位不相配的女人。但家裡愈反對，民治就愈覺得這段不被看好的感情更加難能可貴。

其中最反對這段感情的就是民治的父親：「不可能！你和那個女人是不可能成婚的！她只是個下賤的幫傭，而你，你將會是繼承我家業的人。你怎麼可以娶這種女人呢？」

「我不懂。阿岩哪是甚麼下賤的人？我不明白為甚麼你總要把別人標上一個價值。難道要先看看那個人有沒有可能被野田家利用，才考慮要不要和那個人有所往來嗎？」

「做生意的人當然要有這種思維，否則就只會被人欺騙，被人有機可乘！」民治的父親生氣地說：「你看那個寒酸女人，我敢說她就只是為了你的錢才答應嫁給你的！你要不是我野田家的兒子，她又怎會願意和你一起？她就是為了騙你的錢呀傻孩子！」

「夠了，別開口閉口就『下賤』、『寒酸』的。對，阿岩是沒我們的家族富裕，這的確是事實。但身為一個人，她和我們都是平等的。」

「哪會平等？你讓她跟一個好家庭的大小姐一同出去走走，你看看別人會比較尊重誰？」

民治沒有作聲，不知道是拗不過父親，還是覺得再跟他吵下去也沒甚麼意思。

父親覺得自己佔了上風，便繼續說：「你說你唸的是甚麼書？我一直以來給你最好的教育、給你最舒適的學習環境，你到頭來只學到了『人是平等的』這種不切實際的空話嗎？你想想看一直以來的歷史，人甚麼時候有一刻平等過？」

「總之，我已經決定了無論如何也會和阿岩結婚，不管父親大人你同意還是不同意。」民治說完便站起來準備離開。

「那你原本的家業繼承權將會轉到分家那邊。」民治的父親也不再大聲地喊話，只是冷靜地交待，胸有成竹地打出自己手裡的、那張一直藏著的王牌。

「甚麼？你可以交給分家的哪個人？」

「野田英雄。他年紀雖然小，但至少不像你一般叛逆。」

「你竟然寧可將家業交給分家也不願讓阿岩進家門。那好，就這麼決定吧。」民治沒想到父親真的如此討厭自己這個決定，還是父親討厭的是他的思想，民治已經無從深究。但從小就壓在民治身上的重責原來可以如此輕易就移到他人身上，大概是自己在父親的眼中已沒有所謂的「價值」了，可以棄掉了。他也因此下定決心，和阿岩結婚後搬離野田家，到外面的世界找一片真正屬於自己的天地。

阿岩對民治的決定十分驚訝。並不是因為她將無法如想像中嫁進富戶享福，而是阿岩不能相信會有人寧可放棄家產和繼承權也要和自己一起。每當想到自己一開始的時候其實並不愛民治，阿岩就會愧疚起來。

在收拾好行裝離開野田家的路上，民治輕輕握著阿岩的手，甚麼都沒說，但其實民治此刻百感交集。

儘管這個家一直把壓力放在他身上，儘管他和父親的理念有所不同，儘管他一直都討厭野田家代表的一切，也想過要逃離這一切，但是到了真正要離開的這一刻，民治還是感到傷感而不捨；因為這個令他生厭的家庭，同時也是從出生到現在一直照顧著自己的家庭。

傷感的同一時間，民治又對要展開新的生活感到新鮮刺激；同時也有點徬徨不安。他現在不止要為自己的決定負責，也要為阿岩的人生負責。

「再見了父親母親。」民治背著野田家的大宅，在心裡輕聲說著：「我要開展自己的路了。」

而阿岩看著民治輕握著她的手，她才第一次對民治產生愛意。

民治先在日本的製糖公司找到一份工作，從低做起，慢慢學習。民治心裡也是很明白，難得有公司願意聘請已經三十歲的他，他一定要比年輕的同事更努力工作，希望用自己以往在家族生意的經驗來報答公司。民治的生活雖然過得沒以往富足，但還是十分幸福；而本來就吃慣苦的阿岩對新生活十分滿意，她甚至覺得現在過的日子比以往要輕鬆多了。加上民治的母親始終是疼愛這個獨生子的，常常偷偷寄錢給民治幫補他們的日常開支。雖說是和家裡斷了來往，但民治和母親的關係仍一如以往地密切。過了幾年，製糖公司想要派民治到臺灣當監督，喜愛冒險的民治欣然接受。

明治43年（1910年），阿岩和民治帶著十歲的兒子野田直士首次踏足臺灣。

「直士，我們終於到了！」民治邊說邊揉著兒子直士的頭髮。直士頻頻把父親的手推開，想要阻止他繼續弄亂自己的髮型，阿岩帶著笑看著這對父子的互動。

「我原本還一直以為臺灣是個未開發的土地，是個不文明的荒野。」阿岩不好意思地對民治說：「我還暗自胡亂猜想，民治你大概是被公司貶職才會被派遣到遠方，但那時又不敢在你面前說出來，怕你不高興。」

「那現在看到真實的臺灣，你改觀了吧？」民治笑得開懷，完全沒有介意阿岩的話。的確，阿岩一下船就驚訝地發現，臺灣這片遠方的土地居然有那麼熟悉的感覺。光看街道上的建築，她還一度以為自己還是在日本。

儘管明明在來臺灣前，民治就曾帶阿岩去劇院觀看由高松豐次郎拍攝的《臺灣紹介活動寫真》，想說先從映畫裡對臺灣有一個初步的認識，也好讓阿岩對未知的前路稍稍安心一點。不過阿岩仍是沒有因此完全相信臺灣的繁榮，還懷疑這部由總督府發行的紀錄片，說不定是騙大家到臺灣發展的手段。

對阿岩而言，親眼所見的才是真的，就如現在身處臺灣一樣。

「對，有種放下心頭大石的感覺。」阿岩掩著小嘴輕聲笑著。阿岩在心裡想，就算來到了臺灣這片新土地，只要民治和直士都在身邊，就一定可以繼續實現自己一直最渴望得到的夢想：一個幸福的家。

野田一家在民治的公司的幫助下，很快就在臺灣安定下來。他們有自己的家，民治也可以先用一段時間習慣當地生活再回公司工作，而民治和阿岩把直士送進了當地專為日本學生而設的小學校就讀，一切都安排妥當。

在送了直士上學校後，民治帶著阿岩像個遊客般四處遊訪。阿岩對龍山寺的印象最深刻。那年龍山寺剛重新修葺完成，住在萬華的阿岩和民治也有慕名去參觀。

「聽說那裡是供奉觀世音菩薩的，我們要去參拜嗎？」民治問。

阿岩點點頭，高興地隨著民治走到龍山寺。

雖然都是寺廟，但龍山寺的外形讓他們有點陌生：明顯就是中式的建築，屋頂的如意斗栱構成極為複雜，外形華麗，遠不如日本神社的樸素；而且也沒有在入口處放置供人淨身的手水台。一時間欠缺了平日一貫的模式和習慣，阿岩和民治都顯得有點不知所措。

「我們沒來錯地方吧？」民治來回大門再三確定，的確就是寫著「龍山寺」沒錯。都已經來到了，於是二人硬著頭皮，隨著其他來參拜的人潮走進大殿。完全不懂參拜儀式的他們顯得有點異相。民治是看到別人做甚麼，他就跟著做甚麼，別人跪在布團上叩拜，他也照樣畫葫蘆，心裡有一半是困惑，另一半倒覺得挺好玩的；而阿岩則是在一旁，靜靜地用自己在日本的方法，合上雙掌，在心裡默唸著「南無觀世音菩薩」，便完成了參拜儀式。

參拜過後，阿岩和民治坐在寺前的一張石櫈上稍為休息。

「龍山寺真的很有趣呢。」阿岩邊說，邊抬頭看著不遠處的大殿。那是冬天的時節，臺灣的氣溫沒日本那樣低，就算現在到戶外活動也是舒適宜人。阿岩一方面為不用渡過嚴冬而慶幸，但另一方面一想到臺灣不會下雪，便又有點懷念以往在內地能看到雪的日子、與直士一起為每年的初雪感到興奮、因為寒冷而一家人窩在一起的年末和新年……

「看來阿岩你挺喜歡這裡。這讓我有點意外，明明在日本時你不是個會喜歡寺廟的人啊。」

「我只是覺得龍山寺很特別，民治你不覺得嗎？」

民治搖搖頭以示不解，問：「明明之前和你到金龍山淺草寺時，你不是沒有甚麼興趣嗎？」

「啊，你提到淺草寺真是太好了！」理清思緒後的阿岩便繼續解釋說：「我是這樣想的，龍山寺就像我眼中的臺灣：明明都是供奉觀音的寺廟，但是龍山寺卻跟淺草寺全然不同，對吧？」

「那……所以呢？」

「你不覺得，如果我們要求龍山寺長得跟淺草寺一模一樣，是很過份嗎？再說，如果龍山寺真的跟日本寺廟一樣了，那豈不是就失卻了這片土地的特色了嗎？」

「你這麼一說我好像懂了。所以意思是，要求臺灣變得跟日本一模一樣是不切實際的，更重要的是發揮臺灣特有的優點，對吧？」

阿岩深思了一輪，最後苦惱地歪著頭笑說：「說實話，感覺這樣深奧的事情不該用這樣的比喻呢，也不應該是我這種身份的人提出。」

「別傻了！我覺得阿岩你的觀察力比我好太多了。可以的話，我還想要聽更多你的想法，說不定能改變世界哦！」民治開朗地笑著說。

「你真是的……太誇張啦！」阿岩和民治相處的時間愈長，就愈是深愛民治。民治的鼓勵、他的樂觀、他的不氣餒，全都深深感動著阿岩。

民治到臺灣後，除了工作外，就是積極地學習當地的事物。為了在工作上更有效地和本島人溝通，民治學會了臺語。雖然說得不太準確，但還是勉強能溝通。反而在旁一直聽民治在牙牙學語的阿岩說得居然比民治好，讓民治不斷稱讚阿岩的語言天分。因為民治的讚賞，使阿岩更常在日常生活中運用臺語。

民治也迷上了臺菜，常常帶阿岩外出嚐鮮。當中民治最常到的就是江山樓。阿岩第一次到當時剛開張的江山樓時，被那四層樓的華麗建築吸引了，彷彿江山樓比總督府還來得宏偉。不用說江山樓的門面多有氣派，才剛踏進店裡，一大片的金碧輝煌，每件裝潢都是精雕玉琢，光是一道本應普通不過的樓梯扶手，就雕上了一頭神獸，雕功之精妙和細緻使神獸顯得活靈活現。在店裡負責表演和招待的藝旦也像是一件件美妙的藝術品。她們每個的樣貌都標緻可人，帶著甜美的笑容，讓同為女性的阿岩也為之融化。阿岩單是欣賞店內的佈置，也還未吃到菜餚，就多少已經明白為甚麼江山樓能吸引各類顯赫人士的鍾愛。

待料理上桌，民治為阿岩一一介紹：金銀燒豬、七仙女轉盤、金錢蝦餅、雪白官燕……一個又一個好聽的菜色名稱，配著一道道精緻美食。阿岩分不清，到底是江山樓內的燈光使然，還是那些菜餚真的在散發著閃爍的光芒。

阿岩逐道菜細細品嘗，卻露出一副意猶未盡的樣子。

看在眼裡的民治不禁笑著說：「我看你啊，該不會是在想念家中的辣椒醬？」

阿岩被民治一語道破，馬上脹紅了臉，說：「哪有？我……我只是在想，如果這道料理用上辣椒一起煮的話，會不會就更香口惹味，應該能把所有味道都帶出來，更讓人印象深刻。」阿岩說到後來，也沒那麼有自信了。

「可能吧。但是我想他們應該不會想到把辣椒加進菜式裡吧？畢竟普遍日本人和臺灣人都不怎麼愛吃辣，也沒甚麼菜式是以『辣』知名的。在臺灣要吃辣的話，大概要到從中國的重慶雲南四川，這些地方來的人開的餐館，他們的菜式才真的是辣了吧。」民治饒有趣味地望著自己的夫人：「你倒是個奇怪的別例。哪有日本人像你這麼愛吃辣？」

「枥木縣的大家都喜歡吃辣，大概吧……」阿岩邊說邊回想著，好像雖然枥木縣盛產辣椒，但整體上枥木人沒有特別愛吃辣。

那自己是為甚麼喜歡這種令人頭皮發麻的刺激呢？

阿岩的母親是在辣椒園工作的。她們家裡沒甚麼錢，也就沒有多餘的錢花在調味料之上。鹽和糖自是不用想了，柴魚片這類理論上是家裡必備的也是欠奉。但母親是個手巧的人，她會把平常辣椒園剩下來的、那些長相有點缺陷而不能成為商品的辣椒帶回來，活用這個唯一花得起的香料來煮菜。

「這個好好吃哦！」

「是嗎？」母親會笑著說：「那太好了。」母親的身板瘦小，笑起來的笑容也一樣微小，但她的眼底下總是有著不成比例地大的眼圈。年紀還小的阿岩難免會把母親拿來跟其他孩子的母親比較，然後總是覺得自己輸了。後來在小孩子的圈子裡，除了有關父親的話題無法參與外，阿岩也愈來愈不願意提起自己的母親。不是因為她不喜歡母親，只不過是她不想聽到其他孩子批評母親的話語，而自己更是無從反駁而已。

阿岩清楚記得，自己每次吃過這類用辣椒煮成的菜式，都會面露笑容，而母親也會跟著一起，少有地微笑起來。

這一切阿岩都記得很清楚。因為她是為了母親的這個笑容，才會裝作喜歡辣椒。母親去世後，獨自一人在栃木打工的阿岩就不再吃辣椒了。不是她生活比以前過得富裕了，而是她不願想起年幼時的苦澀。但是十幾年後，她和民治結婚了，然後又隨民治搬到愛媛縣，那時她變得開始想念故鄉的味道了。

在出發到臺灣前，阿岩還特意要先回栃木縣一趟。

「那也好啊，反正直士未到過栃木，我們在出發到臺灣前，先回到你故鄉走走也是好的。」民治說。不過他想了想，阿岩在栃木又沒有其他親人了，所以才會在成婚後一直沒回去過；這時卻突然生起要回栃木的念頭，難道背後是有甚麼原因？

於是民治帶點擔憂地問：「阿岩啊，你會不會是不想去臺灣？畢竟臺灣距離日本很遠，如果你不願意離鄉背井的話……」

「沒有，我……」阿岩臉上微紅，不好意思地說：「我回栃木是想要順道帶那裡的辣椒種子去臺灣。」

民治歪著頭問：「種子嗎？愛媛這裡也有賣啊，犯不著要到枥木拿吧？」

「不一樣的啦！」阿岩想要解釋到底有哪裡不一樣，但一時間她也說不出來：「總之就是不一樣了。」

「好了好了，我又不是說不回去了。」民治笑著伸出手環著阿岩的肩，溺愛地說：「你要買多少種子就買多少，我們乾脆在臺灣弄個辣椒園出來！」

「不用那麼誇張啦！」阿岩也跟著笑起來：「我要一兩棵就好了。也不知道臺灣的氣候種不種得出來。」

結果，在臺灣的阿岩成功在自家的庭院種出了一棵枥木的辣椒樹。每次打理這棵樹時，她就會想起母親。

「她那時在辣椒園也是這樣做的嗎？」「她要負責園內多少棵樹啦？」

而在收成時，阿岩又會想起幼小的自己在園內幫忙挑辣椒的日子。阿岩的年紀雖小，但是把辣椒的大小、品質分類這種不太需要勞力的工作，她已經能幫忙。而母親總會坐在她身旁一起挑。

母親做事的速度比她快太多，阿岩老是想要跟上，但母親會跟她說：「別急，做好才是最重要的。」每一次阿岩想要伸手揉眼睛時，母親都會適時阻止她：「這樣眼睛會很痛啊。」阿岩老是想不通，明明母親的手從沒慢下來，她是怎麼分神看到自己要揉眼睛呢？她一度懷疑，母親大概至少有三隻眼睛。

時隔多年，阿岩在到了臺灣後，才發現自己有多想念母親。

「你母親也愛吃辣嗎？這可能是遺傳的。」民治邊夾著菜餚邊問。這時阿岩才留意到，江山樓的筷子都是漂亮的金色的。

「我也不知道。印象中她很能吃辣，但是到底喜不喜歡……」阿岩瞇著眼睛回想，說：「我也說不上。」

「但是直士可不喜歡辣。」民治輕皺著眉說，好像這是個嚴肅的話題。

阿岩笑著說：「那孩子啊，他甚麼都不喜歡就是了！」

「真不知道是像爸爸還是媽媽了。」民治也搖搖頭笑著說。

阿岩對江山樓的印象甚好，很大部分是因為和民治一起輕鬆的對話。不過，這裡日本人不多，阿岩懷疑全店裡就只有她和民治兩個日本人。這讓阿岩感到不太自在，所以她後來也鮮少與民治到江山樓進餐。她還是比較喜歡到西門市場的八角樓、十字樓，和一眾內地同鄉同聲同氣的。

但民治卻極喜愛待在一堆本島人之中，他喜歡聽聽他們的觀點。雖然大家在民治這個奇怪的日本人面前總是話中留幾句，但仍讓民治了解到本島人對未來的發想。

昭和元年（1926年），一群志向相同的人在江山樓組成了一個組織，名叫臺步社，致力想要為臺灣的進步盡一番綿力。臺步社的規模沒臺灣文化協會般大，成員只有二十餘人，包含各行各業的朋友。雖然成員主要是臺灣人，但也有三兩個願意幫忙的日本人，當中包括民治和當時剛開設料理店的高木亮。為表他們的堅定意志，成立當時還編寫了一份成員名單，每個成員簽名作實以宣告自己是臺步社的一員。

隨著民治愈來愈熱衷臺步社的工作，阿岩也只好盡力配合民治的話題，有時候也會幫助民治做些資源的準備。但民治經常早出晚歸，讓愛好家庭生活的阿岩不禁感到寂寞，幸好那陣子平川和大川相繼遷移到附近。平川和大川都是平易近人又好說話的阿姨，她們很快就和阿岩還有同住附近的野田做了朋友，還不時到阿岩家中造訪，剛好減卻了阿岩日常的苦悶寂寞。

一天下午，阿岩在家中做家務時，忽然有人來敲門。阿岩打開門後，發現是一個穿著制服的警察，後面站著一個穿黑色西裝的中年男子。

「我們是警察。野田民治在嗎？」帶頭的警察問。

「抱歉，我丈夫在上班，還沒有回來。如果你們要找他，可以在六時左右來。」阿岩說完便正想要關門，但跟阿岩對話的警察用手拉著門。

「那我們進去等吧。」警察說完後便逕自走進阿岩的家。

阿岩無可奈何，以她一個女子的力量又無法把他們趕走。明明距離民治回來還有至少一小時，也不清楚這兩名男子為甚麼硬要花時間在別人家裡等，難道他們就沒有其他工作好做嗎？百思不解的阿岩也就只好把他們當成客人般招待著，端上熱茶，讓他們在客廳等。

穿黑色西裝的男人向在奉茶的阿岩微微點頭示意，然後那眼神便毫不掩飾地打量著阿岩，讓阿岩感到十分不自在。阿岩匆匆離開客廳後，西裝男從口袋裡拿出菸盒，咬著一根香菸。他還沒有找火柴的動作，坐在他隔壁的警察便已經準備好恭敬地替西裝男點菸。西裝男沒有任何道謝的舉動，就這樣隨便在別人家裡悠然自得地抽起菸來，彷彿阿岩是這個家裡的傭人。阿岩只好急步走進書房把菸灰缸拿出來。民治一向只會在書房辦公時才會喫菸，所以客廳裡並沒有菸灰缸。

等了一段時間後，阿岩為兩個警察換了茶水，同時注意到菸灰缸裡已堆了十來個菸屁股，客廳也好像蒙上了一層灰灰的煙霧。這時直士從學校放學回到家了。已經長大成少年的直士經過客廳時望到兩個不認識的男人，便拉著母親走到二樓，有點驚慌地輕聲問阿岩：「客廳那兩個陌生人是誰啊？怎麼在我們家？」

「沒事，他們是警察，來找爸爸的。」

「為甚麼要找老爸呢？是有甚麼壞事發生了嗎？」

面對直士這個問題，阿岩也打從心裡不知道答案。也不知道是不是直士的緣故，令阿岩拾起了為母的勇氣，於是阿岩走到客廳開口問：「不好意思，如果可以的話能否告訴我，到底為甚麼要找我丈夫民治呢？」但是沒有得到任何回應，彷彿阿岩並不存在一樣，兩名男子對她視若無睹。

阿岩雖然感到侮辱，但她還是再問：「請問你們是要找民治幫忙調查甚麼嗎?或許你們可以把話留給我，讓我轉達給民治，那可以節省你們在這裡白等的時間。」

「找他幫忙?別開玩笑了!那傢伙對自己犯了甚麼事心知肚明。我們今天是奉命等他回家的，你一個女人就別再在那邊吵吵嚷嚷。」穿制服的警察粗聲粗氣地大聲嚷道。躲在樓梯間偷聽的直士也是聽得一清二楚。

倒是西裝男揚著提著菸的手，示意他停止。

「野田夫人，有些事情你知道得愈少，對你和令公子都是愈好。」西裝男笑了笑，說：「無知也是種福氣。你就退下吧。」

阿岩先是為這兩個警察的惡劣態度感到生氣，後來又變成擔心自己的丈夫民治。他們說民治犯了事，到底是甚麼事呢?難道民治在外面幹了甚麼壞事嗎?阿岩心裡不斷地想，想要從丈夫平日的行為理出頭緒來，但卻是怎麼想也不覺得循規蹈矩的丈夫會犯事。

「民治他該不會是被陷害了吧？」不願相信丈夫會犯事的阿岩愈想愈不安。

「我回來了。」終於，在大概六時的時候，民治回來了。阿岩馬上到玄關迎接，同時悄悄在民治耳邊說：「有兩個警察從五時就在等你。」好讓民治有點心理準備。民治聽後有點錯愕，但很快就好像搞清事情的起末一般，冷靜地走到客廳會見那兩個警察。

「讓你們久等了。我是野田民治。」

兩個警察也沒有起身迎接，只是維持本來的姿勢。西裝男開口說：「你好，我是日高文太，是南署的警視，這位是我的下屬。」

民治在桌子的另一側坐下來，正對著兩位警察。日高把菸盒遞給民治，民治用手勢婉拒了他的邀請。

「到底是甚麼事，勞煩兩位警官來這裡？」

「你應該心知肚明吧？」穿制服的警察說。

民治沒回答，也沒有任何表情。

「野田先生，你是臺步社的社員……不對，」日高呼出一口菸，說：「正確一點說，你是臺步社的創立人之一。很不錯嘛，『創立人』。」

果然是關於這件事。民治剛才唯一想到自己有可能會招惹警察上門的行為就是這件事。民治確定了自己的猜想後，把之前在腦海裡演練過的答案說出來：「是，那有甚麼問題？我們在這裡有結社自由，對吧？」

日高笑了笑，他眼周的魚尾紋跟著皺了起來。

「沒錯，這是你的自由，你說得很對。書讀得多就是不一樣，對吧？哪像我們？」日高望向穿制服的警察，然後又回頭望著民治：「在家鄉愛媛縣讀過大學，好端端的有豐厚的家業也不去繼承，硬要帶著自己組成的家庭來臺灣這裡發展……」日高數算著民治的過往，以顯示自己對民治的背景早就瞭如指掌：「我該形容你這是個性使然的，對吧？就那麼喜歡自討苦吃嗎？我看你的家庭也很幸福美滿，有個漂亮的老婆，也有個年幼活潑的小兒子。何苦要搞甚麼臺步社、混在本島人那些骯髒的混水裡呢？當個值得驕傲、自豪的日本人不好嗎？」

「你的口吻令我忽然想起我的父親大人。」

「是這樣嗎？那你父親一定是個識時務的人。問題是，你會像你父親一樣明白事理嗎，野田先生？」

「抱歉，我和家父的關係並不好。不過日高警視你對我的以往這麼了解，你一定也早就知道這一點。」民治笑了笑，說：「所以，警官你是特意來我家裡威脅我嗎？是要我退出臺步社，還是直接把臺步社解散？」

這回輪到日高沒有回應，他只是笑著望向民治。

民治說：「不管是哪一樣，都請恕我無法做到。」

「你誤會了，我這次來不是要威脅你。我啊，自從升上警視後，就很久沒有在前線工作了，平日我只需要處理內部文書和決策。要來威脅野田先生你的話，我隨便派個下屬來就好了。我這次來，是因為你是日本國的國民；因為你是日本人，所以我覺得有跟你聊一聊的價值。我當然可以找其他臺步社的成員，但他們始終是本島人，不像你；他們也永遠不可能得到你一樣的身份。你常常和本島的文化人混在一起，你應該很清楚他們的思想有多危險。我這次來就是想知道這件事。」

「危險？你怎麼覺得本島人的思想是危險的呢？沒錯，我常常和本島人一起，我會聽他們的想法，但我一直以來聽到的都是希望臺日之間能達至平等；難道要求平等的對待是件很危險的事情嗎？」和直士一同躲在梯間偷聽的阿岩，聽出丈夫的語氣漸漸變得少有地憤怒。

日高沒有被民治的情緒影響，平淡地說：「野田先生，你有讀報紙的習慣吧？你一定也知道前陣子才發生的西來庵事件吧？」

民治和阿岩當然也知道西來庵事件。當時有多處警察廳和派出所被攻擊，也有眾多日警和他們的眷屬被襲擊和殺害。那件事發生後，即使過了一段時間，阿岩也和其他在臺的日人一樣，心裡暗自害怕會被討厭日本人的臺灣人襲擊。同時也令一部分的在臺日人生起討厭和排斥臺人的做法，令兩個民族的人原本就存在的隔閡，愈變嚴重。他們仍是生活在同一片土地上，但因對方的種種不同和過去經歷的事，而難以控制地彼此互相猜疑。

猜疑一旦開始，就只會沒完沒了。

這時，穿制服的警察開口說：「你能說西來庵事件不是件危險的事嗎，野田先生？本島人一直想要推翻我們日本政府的統治，他們會用盡所有辦法，暴力地、殘忍地，也要達到這個目標，難道你從西來庵事件中還看不清他們的真面目嗎？」

「不是所有臺灣人都是這樣的。」

「那他們是怎樣的？日本政府這段日子以來為他們帶來了文明、帶來環境的改善、帶來優秀的經濟，他們還想從我們身上要求甚麼？」穿制服的警察愈說愈激動，聲量開始變大，臉也脹得微紅。但他的上司日向警視並沒有阻止他。

「你真的認為，臺灣這個地方的所有好的改變，都是全靠日本政府和日本人帶來的嗎？臺灣人在這之中並沒有貢獻和付出？日本人沒有在臺灣學到甚麼得到甚麼嗎？」

「對，事實就是如此。那些本島人如果沒有我們，他們甚麼都不是。他們仍是一個未開發的、寂寂無名的孤島。」

民治聽後冷笑了一下，為面前兩個警察的狹隘的思想感到可憐。但民治同時也很清楚，其實一部分在臺日人也是有著一樣的想法。他為此感到痛心。

「他們殺了我的大哥。」穿制服的警察忽然頹然地說：「我大哥就是在西來庵事件中被殺的其中一個警員……你怎麼還能替他們說好話？」

客廳裡的氣氛瞬間冷卻了，只剩下日向手上那根菸燃燒的聲音。民治一時間也不知所措。就著西來庵事件，民治沒法、也沒立場說甚麼。因為他只在報紙上讀過，並沒有親處其中；也因為其實說到底，連民治自己也為這件事感到心寒。

「我們臺步社並不是這樣的組織。」民治的語氣軟化了一點：「這一點我可以向你們保證。」

日高聽後，邊搖頭邊冷笑著。他把抽到盡處的菸蒂丟到菸灰缸裡，然後又從菸盒抽出一根菸接上。

「你保證？」日高像是聽到甚麼笑話般笑著說：「野田先生你真的知道你的組織在做甚麼嗎？」

民治不太能理解日高的話，只好等他說下去。

「就算——我就很樂觀地陪你一起假想下去——就算你的臺步社真的能堅持以非暴力的原則繼續下去，你認為就沒有問題了嗎？」日向搖了搖頭，繼續說：「錯。你的組織要求的是臺日關係平等、兩地人民得到平等待遇，光是這個口號、這個想法，甚或臺步社這個團體的存在，就能暗暗滋養本島人的民族主義：原來『我們』的待遇和那些日本人不一樣；原來『我們』可以靠自己爭取權益；原來『我們』聚在一起就可以更有力量。民族主義啊，我想野田先生你唸的書裡面一定有歷史科吧？那你就明白我在說甚麼了。難道你真的認為，任由本島人的民族意識繼續成長下去也沒有問題嗎？」

民治嚥了一下口水。身為日本人的他，心底裡始終還是不樂見臺灣人民否定日本政府的統治，更別說臺灣要求脫離日本——無論是要獨立成國，還是靠向中國，都不是民治想看到的發展。而他當初成立臺步社也沒有任何類似的企圖；他就不過是對日臺人民之間的不平等看不過眼。

「不，我的這些想法不也是滿滿的民族主義嗎？」民治想：「那憑甚麼我不希望臺灣人的民族自決思潮萌芽？」

這實在是諷刺地矛盾。

日向似乎看準了民治的軟弱，說：「野田先生，我們都相信你身為我國的優秀國民，成立社團的本意是善意的；我們怕的是參與臺步社的其他成員。你真的能肯定他們——那些本島人——的想法，和你是一樣的純粹嗎？」日向說完後又悠悠地吐了一口菸，等著民治的回應。

「那麼你的觀點是，甚麼都不用改變，維持現狀，讓不平等繼續下去？是這樣嗎？」

「我不覺得維持現狀有甚麼不好的。」

「是嗎？日向警視你說過，今天是來聽聽我這個圍在本島人身邊的人的意見。那我也不妨跟你說說我所聽到的：本島人對現狀感到愈來愈不滿。的確，自從日本政府掌權後，臺灣的經濟發展迅速，本島人也有從中得益。但是，在享受成果的這些年後，他們漸漸看清自己和日本國民之間的距離。同工不同酬是常見的事，日本會社在臺灣壟斷利益、壓榨工人，臺灣人都是有目共睹的。他們在心底裡要求著平等待遇。這並不是臺步社消失了就能解決的，」民治說：「相反，我認為失去了臺步社這樣的和平組織，才會引起更大的問題。不是臺步社引發民族意識抬頭，而是日本政府的政策使他們不得不團結起來。」

「你是在合理化臺步社的存在嗎？」日向挑起眉看著民治：「你一定也知道以蔣渭水為首的臺灣文化協會吧？」

民治當然知道，臺步社的成立其實就是因為受文化協會的啟發。雖然臺步社的規模遠不及文協，但與蔣渭水的理念「不作便罷，若要做，必須做一個範圍較大的團體才好」不同，民治始終相信，也有規模較小的臺步社才能做到的事。

「他們不也聲稱自己只是個文化團體，只是要推動文化知識普及嗎？」日向說：「但是他們從中策動學生罷課，試圖擾亂社會秩序。難道這是正常文化團體該做的事嗎？」

日向說的是臺北師範學校事件。當時學生和警察因交通規則問題而鬧起來，最終演變成罷課行動。總督府和警察一直認為這次事件是文化協會在暗地裡策劃的。

「那你們也已經動用了《日日新報》的傳媒力量，迫得原本在文協裡的大學生會員退會了，不是嗎？啊，還不止是學生會員，連學校的教職員也得退會才行。」

「你認為自己很聰明嗎？」

「希望你能了解，我絕對沒有要針對任何人的意思。只是我跟日向警視你的立場不一樣，看到的事物自然有所分別。而我只是如你所願，把我觀察所得說出來。」民治說：「你們把白白浪費在臺步社的時間，用在對付本島上真正以武力作手段的團體不是更好嗎？要是連我們這種組織都容不下，那就只會把原本追求和平的本島人，強行地推到武裝的陣營，這樣真的好嗎？」

「既然野田先生你提到武裝陣營，」日向呼出一口菸後，把菸蒂壓在菸灰缸裡，並沒有抽新的一根菸：「你剛才說臺步社是個和平非暴力的組織，對吧？我記得你還向我們保證呢！」日向朝他的下屬笑了笑，繼續說：「那你知道你的臺步社裡有一名成員，名叫陳斌，你應該認識他吧？」

民治想了想，腦海中浮現了一個黑色短髮的瘦弱青年，是個很願意把想法和意見說出來的孩子。民治記得他還在唸書，是個大學生，但唸哪一所大學他是真的記不起來了。

「為甚麼在這種時候要提起那個孩子呢？是有甚麼用意？」民治思考著，焦急地想要搞清狀況，然後早一步想到防衛的方法。

日向待民治微微遲疑的點頭確認後，繼續說：「根據我們的調查，這位陳斌的表哥是參與西來庵事件的一員。今早我們要去帶陳斌回警署調查時，那混帳用刀把我們一個警員刺傷了。他現在被控告襲擊警員，以及從事反政府活動。」

「甚麼……」民治反應不過來。那個瘦弱的學生用刀刺傷警員？是真的嗎？以民治所認識的陳斌，他可能做出這樣的事嗎？還是這不過是警方捏造的罪名？

民治心裡也沒有一個能信服的答案。

日向站起來，用裝模作樣的官腔對民治說：「野田民治，你身為臺步社的其中一個負責人，我們警方現在懷疑你與反抗分子有所勾結，需要徹底搜查你的住所。」說完後，民治也還未來得及反應，穿著制服的警察便開始在客廳裡翻找，而日向則站在他身後，適時地給予指令。

「這裡還沒搜清楚，整個翻起來找……還有這裡和那裡，全都搜清楚。」

與其說他們是在搜查，警察的行為更符合「破壞」一詞。民治站在一旁，沒有阻止他們的行動，只是目瞪口呆地看著他們野蠻的行為。

到底為甚麼要這樣做呢？他們是真的在找證據嗎？他們是單純地在發洩嗎？還是這是一種示警的行為，只是為了警告民治？民治想要在腦內找到一個合理的理由去解釋面前這種不合常理的行為。

兩個警察把客廳弄得一片狼藉後仍是意猶未盡，便轉身走出客廳，把廚房內的櫥櫃推倒，裡面的碗碟一瀉而下，在同時破裂的瞬間發出震耳欲震的巨大聲響，嚇得阿岩緊緊抱著直士。

不用多久，兩個警察便朝阿岩和直士走去，想要上樓到樓上繼續他們口中的「搜查」。

「請……請不要這樣做——」阿岩說的時候，聽得出自己的膽怯和驚恐。在她面前的是兩個健壯的男人，身高比阿岩要高出不少。只要他們想要的話，可以輕易把阿岩用單手摔開。儘管如此，阿岩還是嘗試張開手臂，擋在直士與警察中間，想要阻止他們繼續前進。

「滾開！」穿著制服的警察把阿岩推開，使阿岩的右邊身體狠狠地撞到旁邊的牆上。之後警察經過嚇得呆了的直士，輕鬆無阻地在樓上的臥室和書房搗亂。

「阿岩你沒事吧？」民治從客廳跑過來查看阿岩的狀況，同時一手抱著身體在微微發抖的直士。這已經是民治所能想到的，唯一能為家人所做的事。

在野田家被「搜查」得不再像是個家後，兩個警察終於滿足地走到玄關附近。

「野田先生，我們十分期待你把臺步社解散的日子。」日向對民治說，然後又在他的耳邊輕聲說：「純粹因為你是日本國民，我才願意像今天這樣花時間來跟你聊。我希望你知道，這不會是最後一次。我也沒有那個權力去決定這樣的滋擾何時才會完結；因為決定權在野田先生你的手上。希望你能想清楚，為家人做個明智的決定。還好啊，還好你是個在這裡有著特權的日本人，假如你只是個本島人……」日向沒有說下去。他最後只是留下意味深長的笑容，親切地拍了拍民治的肩，便離開了。

那天晚上，在一輪收拾過後，野田家還是好像甚麼也沒有發生一般，圍在餐桌前吃晚飯。

他們捧著僥倖逃過一劫沒被摔成碎片的飯碗，默默地吃著安慰人心的熱飯。他們三個也沒有在吃飯時提起剛才發生的事。

直到民治洗完澡，回到睡房後，阿岩才對他說：「民治，這段日子是不是先不要到江山樓比較好呢？」

「為甚麼？」民治問：「阿岩你是怕那些警察嗎？」

「我……我只是覺得，民治你明明沒有做錯甚麼，卻無故被人懷疑，很委屈。所以只要你退出臺步社，不是可以減少他們對你的誤會嗎？」

「反正他們都誤會我了，就隨他們吧。」民治仍是露出他開朗的笑容。換成平時的阿岩，在看到這個笑容時，就會放心不少；但現在民治的樂觀只有使阿岩更擔心。

「真的不要緊嗎？他們都親自找上門了。」

「阿岩，你不認為臺灣人和日本人應該是平等的嗎？」民治問，阿岩聽後似懂非懂地點了點頭。

「但現實是，本島人和內地人被分隔唸兩種不同的學校。你看直士現在唸的學校，全都是日本人的子女，一個臺灣學生都沒有，而且更有明文規定不准非日本藉的人入讀。這不是很奇怪嗎？那是一所在臺灣的學校，但完全不准臺灣人入讀。」

「對，直士所有同學都是日本人。」阿岩這回倒是清楚的點著頭，說：「我當初還以為，直士的學校會教他們臺語，但完全沒有。所有課程都是用日語上課的，跟一所在日本的學校一模一樣，完全沒分別。」

「沒錯。日本的政策一直要求本島人習慣和遷就我們的存在，無論是語言還是文化，都要依我們的習慣。」民治繼續說：「而且我們內地人也在臺灣享有特權，這就是我所說的不平等。我們這些從日本來的內地人就只佔了臺灣人口的不到一成，憑甚麼要本島人為了這麼少的外來人口而大幅改變自己一直以來的生活習慣？」

「但，日本的確是臺灣的統治者，有這些改變……不是很正常嗎？」

「阿岩你說的沒錯，日本人的確是統治者，這點我沒有打算要推翻。但我認為日本至少應該要當個有風度的統治者，要幫助本島進步，而不是一直用高壓政策，這樣兩個地方的人民才可以一同進步。」民治說：「老實說，我認為就連西來庵事件也是因為日本政府的高壓統治才會發展出的悲劇。」

「民治，這話你千萬別在外頭說啊。」阿岩連忙叮囑。就算阿岩對政治說不上很明白，但就連她也知道西來庵事件有多敏感。

「不用擔心，我也是知道有些話是不可以說出口的。」民治低落地說：「但就連在家裡這個本應可以暢所欲言的地方，也要擔心會隨時被其他人以言入罪。有這種時刻自我監察的恐懼，還真是可悲。」

阿岩把頭倚在民治的肩上，說：「日本人和臺灣人真的有達至平等的一天嗎？」

「我也不知道。但現在不有所行動的話，就甚麼都不會改變。我是這樣認為的。」民治平穩地說著，沒有激昂，也沒有悲憤，他只是認定了這是必須做的事：「我不想我們的孩子直士將來繼續活在這麼一個荒謬的世界裡，所以今天就必須有人要做些改變。」阿岩在心裡相信著民治一定能帶來改變。畢竟她當初也是這樣被民治的理念所拯救。只是身為他的妻子，難免會感到憂心。

後來民治和幾個朋友合作辦了一所物流公司，主要運輸來往內地和本島的物資。憑著臺灣總督府開設的「命令航路」，使往來橫濱與基隆的運費大幅降低，民治的公司也因此獲利不少。「命令航路」這個官方航道只會惠及日本公司，所以痛恨臺日不平等的民治竟受惠於這道政策，使他感到既矛盾又諷刺。民治也以這間公司來掩護，幫忙在日本印製一些臺灣被禁止印刷的刊物，再運到臺灣發行。

儘管民治的理念如此明確，也常常樂於向身邊的日本親友宣揚他的觀點，但並不是每個人都認同他這一套。當中對此最反感的偏偏就是他的親生兒子直士。

直士到臺灣後，唸的是專為日本學生而設的小學校，及至後來升上初中高中，他的同學全是日本人而沒有一個是臺灣人。直士很受學校教導的那一套影響，認為內地人和本島人是應當有著明確的上下階級之分。這和民治的理念可說是完全相反，他們兩父子也常為這件事發生衝突。

「你難道不是日本人嗎？為甚麼老是要向本島人獻殷勤？你還保有身為大和民族的尊嚴嗎？」這天他們之間的爭執從直士的這句話開始。

「你真的懂自己剛才說的是甚麼嗎？還是你只是把別人說的話、報章上寫的話、還是老師教的內容，搬字過紙，來當成是自己的觀點？你有好好地思考這些話當中的含意嗎？你懂得甚麼才是真正的大和民族的尊嚴嗎？」

「我當然有在思考！你當我還是那個懵懂的小學生嗎？我已經是大學生了！」

「如果你真有思考過的話，怎麼還可能用這種惡毒的話，來侮辱你的父親呢？」

「因為在我眼中，你就是個不折不扣的叛徒！你知道自己有多丟人現眼嗎？堂堂一個日本人，開口閉口說要為本島人爭取平等待遇。你到底是甚麼身份去做這件事？加害者的同謀嗎？你知道外面的人，附近的鄰居、我的同學都在笑你蠢嗎？你又知道他們不止笑你還連我和母親都一併嘲笑嗎？為了本島人而被警察針對，值得嗎？你在為那些本島人著想時，有一刻想過我和母親這兩個一直在你身邊、真正的家人嗎？」

民治一時語塞。

直士說的話並沒有錯。民治一直沒有注意到自己的行為為家人帶來了多少的麻煩。或許他是注意到的，但是在自己的理想面前，民治選擇把家人放在一旁；也或許他的理想大得他再也看不見其他事物。

「母親不把這些告訴你是因為她愛你，她顧慮你的感受，但我今天就是要把一切都說出來。臭老頭你醒醒吧，看清楚現實吧！你為本島人付出了這麼多，那你又為日本出過甚麼力？沒有！你根本不愛自己的國家、你愛這些下賤的本島人還多於自己國家的人民！」

「你敢再用『下賤』來形容別人……」民治咬著牙作出最後警告。

「他們就是下賤！我沒有說錯──」直士還未說完，民治便一巴掌打在直士的臉上。

「你為了他們打我？他們比你的親兒子還要寶貴嗎？你這個錯得離譜又自私的糟老頭！」直士邊嚷著邊用盡憤怒的力量把民治推到牆角。他並不是個會忍受的孩子，任何人打他，直士也定必會報復，就算對象是他的父親。

於是在阿岩來得及勸架時，他們兩父子的臉和眼已是有好幾處瘀青。而每次他們的爭論其實都沒有任何進展，彼此依舊是緊執著自己相信的，也沒有明白過對方的立場；唯一改變的是他們漸漸撕裂的父子關係。

在直士二十二歲時，他為了儘快脫離家族，倉促決定和大學同學結婚，入贅到富家女石川的家中，並移居到新竹，疏遠待在萬華的雙親。彷彿是為了和父親對抗似的，石川直士成為了父親民治最討厭的巡查。阿岩對直士的離家十分痛心，她自責是自己無能力維繫家裡的和諧，無法令這個家完整無缺。或許自己多支持直士的想法，他也許就不會出走了。

「阿岩，我是不是一個失敗的父親？」在直士離開家後的一個月，民治這樣問阿岩。

「如果民治是失敗的父親，那我同樣也是個不合格的母親。」

「我真的好難過……」民治第一次在阿岩面前流下眼淚：「我想要和他好好相處，我一直都想——但，每次跟直士對話都令我覺得很痛苦、很受傷。不是身體上的受傷，而是……心裡痛得像被刀割一樣。他不理解我的行為，不要緊；他不支持我的想法，也完全沒關係；但，阿岩……直士是甚麼時候變成這樣一個惡毒的人？他是從何時開始不把非大和民族的人當人看？好好善待每一個人，不是身為一個人類最基本要做到的事嗎？」

阿岩不知道可以如何安慰民治，因為她自己也對那些問題毫無答案。她只能夠抱著民治，希望至少能帶點溫暖給這個傷心的人。

「我連最基本的東西都教不了直士，我不是個合格的父親」民治一邊嚎哭一邊說：「我甚至連把直士找回來的勇氣也沒有，只因為我深怕單單與他對話這麼簡單的行為都會再被他傷害——明明我是個成年人，而直士……直士他年紀還輕，我應該能承受這些痛的。只怪我是個沒用的人！」

「沒事沒事……或許你和直士之間適合保持一點距離，這樣才能避免互相傷害。直士也不是孩子了，他既然有自己的一套想法，就讓他用自己那一套到外面生活。他要是有甚麼困難，以直士的性格他一定會回來讓我們幫忙的。民治你就別擔心了，隨他去吧。」

「真的……可以嗎？」

「沒事的。當年你離開家裡，現在不也是活得好好的？」

「你說直士會恨我嗎？」民治哭鬧完一輪後，情緒開始慢慢平伏下來。

「那民治你會恨直士嗎？」

「當然不會！」

「你自己不是已經把問題的答案說出了嗎？」阿岩安撫著民治，直到他在自己的膝上緩緩睡去。其實身為母親的阿岩心裡知道，直士是恨透了他們二人，只是她不想把這個不必要的事實告訴民治。

煩擾的事情一波又一波的向野田家捲來。不同的警察每隔幾個月就會出現在野田家的門口，一再在野田家內搗亂，威脅著民治要把臺步社解散。阿岩每次看到自己辛苦為家裡張羅的一切被破壞，心裡也感到難受。阿岩想，自己不過是想有一個安穩的家，為甚麼這些警察就不能放過他們，放棄這無止境的低劣行為，轉而去做些真正警察要做的職務呢？

後來，他們來滋擾的次數實在太多，好像變成了生活中的例行習慣，阿岩也變得麻木了。

有一次，警察又再來到野田家。這次的對話內容也和之前的大同小異，而民治也是一貫地堅稱自己並沒有做出違反法律的事。唯一不同的是，警察在臨走前說：「是你讓我們沒有選擇的。就算你的家人因此而死，請你也必須記著，是你一手害死他們的。」

民治和阿岩對這沒頭沒腦的話不以為然，以為只是他們平日的恐嚇而已。但在深夜時，他們便明白這番話的意思。

阿岩在那陣子一直睡得不好，她認為最主要的原因就是那些煩人且具威脅的警察令她終日提心弔膽，以致晚上也睡得不安穩。那天晚上差不多到了凌晨時分，在床上輾轉多個小時的阿岩好不容易剛進入夢鄉，忽然她在半夢半醒間聽到「呯」的一聲，沒有很響亮但還是足夠讓阿岩醒過來。她坐在床上，第一時間是感到被吵醒的惱怒，然後她便想到底剛才的是甚麼聲音。一開始，她猜想可能是屋內的木質結構發出的聲響，但聽起來好像又有所不同。於是阿岩還是決定查看聲音的來源，以察安全。

阿岩看了看在旁邊正睡得安穩的民治，想：「反正那聲音也只是響了一下，現在也沒聽到甚麼奇怪聲音了，應該沒甚麼事的。」便決定不把丈夫搖醒，自己獨自一個在屋內檢查。

阿岩先到同在二樓的客房查看。兩間客房都沒甚麼異樣，這使仍然帶著點睡意的阿岩開始覺得自己大概是太敏感了，而萌生起回床上繼續睡的想法。但阿岩還是決定到樓下看看，反正她也想在睡前喝口水。於是她下了樓梯，來到廚房，沒甚麼可疑的事。她還順道查看一下廚房裡的窗有沒有關好。

「果然是我想多了。」正當阿岩想要把廚房的窗重新拉好時，她聞到外邊傳來一陣刺鼻的燒焦味。阿岩探頭一看，隱約看到客廳外的庭院那邊有著一點點紅光。她馬上繞進客廳裡看，發現草坪已經燒了起來，火勢迅速向她親手種下的辣椒樹蔓延。阿岩急步走回屋內，一邊大喊著「民治！民治！」想要把熟睡的丈夫喚醒，一邊在廚房用水桶裝水以用來救火。

阿岩把水桶內的水全潑到辣椒樹上。這雖然減慢了火舌吞噬樹幹的速度，但卻無法澆熄在樹枝上的火焰。當心急如焚的阿岩再次提著水桶回到廚房取水時，民治剛剛從樓上下來。他看著阿岩提著水桶，也嗅到外面傳來的燒焦味道，不待阿岩解釋便很快理解到發生了甚麼事，而立即幫忙。

待他們二人把火救熄後，花園裡的草坪被燒成灰；而那棵阿岩心愛的辣椒樹倖保不失，不過大部分旁枝都被燒斷或燒至扭曲，啡黑色的彎曲著極之難看，只可憐地剩下五六枝樹枝。民治在花園裡找到一個破爛的、不屬於他們家的玻璃瓶，他認為阿岩聽到的響聲就是玻璃瓶破裂時的聲音。

有人在圍牆外把裝滿易燃物的玻璃瓶擲進來。有人想要在野田家縱火，甚至想要燒死他們。

這是民治的推想。而他所能想到的唯一會做出這種事的人，就是那天早上曾經恐嚇過他們的那兩個警察。

民治和阿岩去了報案，那裡的警察指他們會積極調查。後來一個警察來到他們家，輕鬆地笑著說，根據他們多日來的調查結果是，那場火是自然發生的不幸事件，完全沒有提到民治找到的那個玻璃瓶。然後事情就這樣單方面地被結案了。而野田家對此也是無可奈何。

家裡屢次被滋擾，而民治他們所經營的臺步社也不見得是順遂。儘管民治費盡心神，但每次籌辦的活動總是在舉行前就被有關當局發現，以致失敗收場。後來也陸續有臺灣的成員被帶回警署調查，隨後正式被捕。

有鑑於此，在昭和3年（1928年），臺步社的成員於成立後的短短兩年後決定解散，以免更多成員因此被被捕。民治始終認為解散是個錯誤的決定，是個示弱的表示，但他就只有一個人，也是無可奈何。

「這不就是認輸了嗎？不就是跟政權說，他們的粗暴打壓是有效的嗎？所以我們就這樣屈服了？」

「不屈服還可以怎樣？」其中一個本島成員說：「反正民治先生你也不是臺灣人，就別——唉，你也不用對我們的事太費心神了。」在決定解散的會議中，這句話長埋在民治心中，不斷在民治體內刺痛著。原來就算經過了這麼多年，大家一起經歷過這麼多事情，自己在他們眼中從來都不是臺灣的一分子。

可能是失去了奮鬥努力的方向，也可能是長年的疲累一下子壓垮身體，民治生了一場大病。阿岩替他請來了不同的醫生，每一個在會診後都是搖頭嘆息。她甚至想過把民治帶回日本治療，但詢問過醫生的建議後，全都指民治過於虛弱，未必能撐過如此長途的舟車勞頓，才讓阿岩放棄這個想法。

「阿岩啊，以後要你幫我打理這個家了。」虛弱的民治躺在床上，阿岩在床邊照顧著他。看到明顯消瘦不少的民治意識逐漸模糊，阿岩雖心如刀割，但仍是冷靜地面對。

「說甚麼傻話？你痊癒後也不跟我一起打理了嗎？花園裡你最寶貝的那棵松樹我可不懂得修剪，你一定會怪我把它剪壞的。」

民治聽後淺淺地勾起嘴角。他的微笑，明明阿岩還想要見更多次。

「我很放心，你一定可以的。抱歉了，沒辦法和你終老…咳咳……我死後，要把我葬在臺灣……」

阿岩沒有回應。

「可以嗎？」閉上了眼的民治又再問了一遍。

「……嗯。」在阿岩答應的同時，她的淚水滴了下來，但她頻頻用雙手把眼淚抹掉，不想讓民治看到。

「阿岩啊……」民治最後的一句話是：「……還好我有遇到你。」

阿岩想回說「我才是」，但隨著民治呼出最後一口氣，她知道已經來不及了。

民治在臺步社解散的同年年底病逝。而在民治逝世後，那些老是來破壞的警察也再沒出現了。

待阿岩一回過神來，她人已在民治的葬禮上。中間的日子她不知道自己是怎樣過的，但今天是民治的葬禮，今天她要提起精神。

直士回來了，但只是出現一下，就回去了。

在民治的葬禮上，有好多阿岩不認識的臉孔，他們都流露著悲傷的神情，來跟阿岩說「節哀順變」，也有人跟阿岩提起民治是個多好多善良的人。

阿岩望著這一個又一個陌生的臉孔。他們都是證據，是民治這一生真的很努力，在臺灣遇上很多人，做了很多事的證據。

阿岩沒有繼承民治的運輸公司，但她有幫忙接替印製受禁刊物的工作。因為那是民治在世上最牽掛的事，也因為阿岩一直受民治的思想薰陶，她認為這是懷念逝去的丈夫最好的方法。

今天是阿岩四十歲生日，也是她婚後第一次過沒有民治在旁的生日。她走到家中的後院，看著已經長得比她高的辣椒樹。雖然有一部分樹幹焦黑了一片，但除此之外，樹的旁枝還是在茁壯成長。

阿岩拍拍原好那邊的樹幹，自言自語地說：「已經十八年了，長得挺好的嘛，看來很適應這裡的生活。」

看到枝末處有點微黃，阿岩轉過頭對著客廳喊：「我忘了把剪刀拿出來了民治……」才剛說完，阿岩才記起這個空盪盪的家裡，已經沒有人會回應她了，淚便湧了出來。

「……民治，我真的好想念你。」阿岩蹲在地上跪著身子，默默地哭到沒眼淚為止。

失去民治後，怕寂寞的阿岩一個人住在大宅裡就更覺孤單了。於是她決定把多出來的房間便宜地租了給兩個在江山樓工作的藝旦，這樣要將從內地運來的刊物運到江山樓分發也會更方便，而那兩個女孩也可以幫忙帶最新的局勢資訊，給不方便親自到江山樓的阿岩。她們約好每個月的一號晚上都會在書房詳談，並交收印好的刊物。剛好，料理店的老闆高木的員工阿國也想要找地方住，所以二樓的三個房間就分別租借給這三個女孩。

後來經過高木的介紹，阿岩認識了佐川。雖然佐川是男性，住進一間滿是女人的房子好像不太方便，但阿岩見佐川可憐，也就願意收留他。佐川是個很懂得討人歡喜的人，有了他在，整個房子都多了不少歡笑聲，而且他也很願意幫忙，無論是家事還是到外的收租事務等，他都幫上不少忙，減輕了年齡日漸增長的阿岩的負擔。

加上，佐川的名字是直茂，和阿岩遠在新竹的兒子直士唸起來差不多，又更添了幾分親切感，使阿岩一直待佐川如兒子般關懷。阿岩還體貼地想到，說不定會有佐川的朋友到訪，若門牌上同時掛上「佐川」，代表這裡也是佐川的家，那便不會有「佐川是在寄人籬下」的想法吧。

六月十一日 午後十二時半

渡部從江山樓出來。他先在一所蕎麥麵店用餐，後來到了南署。不肯定他是否到拘留室探望佐川。但渡部從江山樓出來時看起來像是心事重重，懷疑他到南署有其他目的。

渡部從江山樓的老夥計身上得知野田民治曾受警方調查，於是想到說不定南署會保留著相關的資料，這樣或許就能找到民治、阿岩，以及住在野田家那兩個藝旦之關的關連。渡部走出江山樓時，其實心裡也沒有底。說不定這三者之間根本沒關連，這樣線索就斷了，他也不知道可以再從哪裡重新開始調查。

渡部到南署向警方申請查閱有關野田民治的檔案。接待的警察原本指渡部沒有權限取得那些檔案，想要拒絕他的申請，但身為律師的渡部輕鬆地抛出一條又一條繁複至極的法律條文來作理由，刻意把民治的檔案說得和野田岩的謀殺案有多大多大的關連，那個沒多見過世面的年輕警察就被強勢的渡部嚇到，最終乖乖的把民治的檔案交給渡部。

渡部本來猜想，野田民治這個有錢商人大概也是犯下逃稅或是走私商品之類的罪行，但渡部一看那堆文件，竟然全部都是在調查民治與一眾臺灣文化人的關係。

「這裡形容野田民治是個與臺人合謀推翻日本統治的嫌犯……」渡部一邊看一邊想：「但他們的組織沒有任何一絲像要反對日本政權的東西啊！」渡部詳閱著被警察充公回來的臺步社刊物，也把一疊疊調查報告翻來覆去仔細讀幾遍，裡面只有警方對臺步社這個組織子虛烏有的指控，以及大堆穿鑿附會的所謂「有力證據」。渡部讀完後不但沒有對民治被指控的罪名有更多了解，只有更多的困惑：這班人不過是要求平等對待日人臺人，有必要被扯到推翻政權這樣嚴重嗎？他們是對自己的政權有多沒信心啊？

讀完民治的檔案，渡部有一點可惜民治這麼早就過世了，要不然民治就可以有更多的時間，或許能更接近他的理想。渡部很佩服民治有這樣的行動力去實現自己理想中的美好世界。

不過渡部轉念一想，或許民治及早到達極樂世界也不是件壞事，起碼民治不用知道去年發生的犬養首相被行刺事件，不然民治可能會十分傷心。昭和7年（1932年）5月15日，犬養毅首相被九名年青海軍軍官刺殺。他們主張的理念是要推翻腐敗的政權，認為執政黨就是造成貧富懸殊、失業率高企等社會不安因素的元兇。

渡部也有聽到不少有關這次刺殺背後的黑幕傳聞。他不知道有多少是真的，又有多少不過是捕風捉影，而且他對陰謀論的興趣也不大。

渡部只知道這個事件令他心寒。

要討論涉事軍官背後的理念到底正不正確，恐怕又會是一場激烈的、無止盡的爭論；渡部也不想討論到底這些理念是否充分得合理化他們的行為，因為這個問題的答案，會隨著每個人心中的價值觀不同而變得不一樣。

渡部覺得心寒的是，人類常自認為是文明、理性的物種，自覺比其他生物高出一等，怎麼自有歷史以來到今天，仍是必須以暴力來解決問題？除了暴力真的就別無他法了嗎？為甚麼總要被迫得走進使用暴力的絕路？為甚麼就不能好好的坐下來以言語解決問題呢？

涉事的軍官在事發一年後接受審判時，渡部已經離開日本，來到臺灣，所以後來在法庭上的事他都只是從報章上讀到，而非親眼所見。聽說其中一個被告以明治維新時期發生的櫻田門外之變來與自己的行動相比。

非得要這樣野蠻嗎？人類這物種有進步過嗎？

七十年前的櫻田門外之變如是，刺殺首相如是，當年的西來庵事件亦如是。

渡部這樣想著時，不禁矛盾地譏笑著：渡部龍一啊，你不過是在裝清高。明明自己也在生活中使用過暴力，自己也曾以理念為盾牌來合理傷害別人的事實。明明自己也做不到非暴力這崇高理念，憑甚麼批評別人？

暴力行為的成效有多顯著、多立竿見影，大家縱然畏懼，但都看得十分清楚；這不是討論和協商所能比擬的。

後來被抓的九個海軍軍官也沒被判處死刑，只是以輕微刑責作罷。現在新政府上台，可想而知也是不再敢和軍方的意見對抗了。大家都說，日本抬頭的日子來了，是時候讓世界看到強大的日本了。渡部想，這種思想比野田民治和他的夥伴所提倡的，要危險和恐佈太多。這種血淋淋又殘酷的現實，如果自己可以選擇的話，也是一點也不想要面對將來可預見的紛亂。所以才說，民治及早離開這個現實世界不是件壞事。

渡部合上民治的檔案，想到自己之前那不安的預言好像不幸成真了：野田民治的記錄並沒有為渡部的搜查帶來甚麼大進展。檔案能解釋阿岩和兩個江山樓的藝旦彩雲和明月之間的秘密，極可能就是那批從日本運來臺灣的刊物，但他終究還是對誰殺害野田岩毫無頭緒。

「該不會是為了得到刊物而殺死野田女士吧？但那些刊物明明就可以在江山樓買得到。」渡部愈想愈不解：「那難道是為了阻止野田女士繼續從中幫忙船運嗎？但就算不是野田岩，也總能找到其他船運公司來幫忙吧？」

儘管看似一無所獲，渡部還是在警察的調查報告上，發現除了當天到訪野田家的兩個巡查外，還註有另一個有趣的名字。

於是渡部便起程去找這個人。渡部把自己在警方的記錄中得到的資料記在筆記本上，在步出南署的時候把本子放在西裝外套的口袋裡。

「渡部先生？」就在他正要出發找目標人物時，忽然有人叫住了他。

「啊，是阿國小姐。」渡部望一望手錶，問：「都已經快要五時了，阿國小姐你不用回料理店做準備嗎？」

阿國稍稍提起她雙手抱著的一大袋食材，說：「我今天負責出來為料理店購物。只要把明天要用的食材都送回店裡，就可以下班了。」

「原來是這樣，」渡部說：「真是辛苦你了。」

「真是辛苦你了」，在阿國的記憶中，從來沒人曾對她說過這一句話，而只是這麼簡單的一句話，卻竟然能使人重新提起精神，彷彿在多壞多難過的日子裡都能捱過去。這種新鮮的感覺真是神奇。

阿國低下頭，迴避渡部的眼神，問：「對了，那渡部先生呢？是剛剛探望佐川先生了嗎？」

渡部回頭望一望南署的建築，如實說：「不是，我今天來是查找一點資料而已。」

「哦……」阿國點點頭回應著：「抱歉，忽然就叫住了渡部先生，想必是阻礙到你了。」

「沒這樣的事，在這片陌生的土地有認識的人叫喚自己，也讓我挺高興的。」渡部笑著說，覺得自己有這樣的想法也是頗奇怪的：「對了，讓我來幫阿國小姐你拿這袋食材吧。我反正也是走同一個方向。」

「同一個方向？」阿國在腦裡不斷思考著。

「對，給我吧！看起來很重的樣子。」渡部把西裝外套脫下來，身體總算涼快了一點。

他來到臺灣的日子還沒有很長，還沒有適應這裡的炎熱氣候；但他覺得就算自己在這裡住上三五年，也應該是無法習慣這種暑熱。渡部伸出手提起阿國抱著的食材，才一拿起就不禁在心裡佩服起阿國來：她這個小身板的女孩子，是怎樣抱著這重物走來走去的？

「那，我來幫渡部先生提著公事包吧。」阿國提議說。

「不用了。啊，不過可以麻煩你幫我拿著外套嗎？拜託你了。」

於是，渡部左手拿著公事包，右手提著阿國的食材，而阿國則抱著渡部的西裝外套，結伴向新起町的方向走。

「好熱呢。明明現在已經是黃昏了，還是熱得很呢。」渡部隨意找著話題說。

「嗯，渡部先生流了好多汗呢。」

「咦？有這麼明顯嗎？」渡部顯得有點尷尬，心裡介意著自己會不會已經發出了汗臭味。

不遠處有一個建築地盤。雖然已經快要天黑了，但工人們不知道是不是為了趕工，所以留在地盤。不過他們正在鬧哄哄的，不知在吵甚麼。

「我們走那邊可以嗎？」阿國指著向地盤方向的一段路說：「那邊是近路。」

「太好了，可以抄近路。」

施工地盤的喧鬧聲愈來愈大，渡部不禁問阿國：「你知道他們在說甚麼嗎？」

「好像是用來做橫樑的木柱太重了，他們合力也抬不到搬運的器材上。」

「這樣嗎？」渡部聽後愈來愈在意，腳步愈走愈慢，最後更停在施工的範圍裡。

「他們好像只差那麼一點點就成功了。」渡部觀察了一會後說：「雖然有點多管閒事，但阿國小姐你能幫我跟他們說，我想要幫忙一起試試，不知道可以嗎？」

阿國樂意地點點頭，便走到其中一個工人旁邊交代著。那個工人停下手，轉頭打量了穿著恤衫西褲的渡部幾眼，笑了笑說：「他想試就讓他來吧。反正也沒差。」

渡部把阿國的食材和公事包安放在阿國附近一個安全平坦的位置，便解開領帶，拉起恤衫的衣袖，走到工人堆裡面埋頭苦幹。

阿國連忙退到一個渡部看不到的位置，翻找他的西裝外套。她從渡部走出南署時就看到他把筆記本放在外套的口袋裡，當她接到渡部的外套時也有用手摸摸口袋，確認筆記本的位置。這時阿國拿出筆記本，迅速地查看著。渡部的字跡很工整，這省了阿國不少時間。她很快就看到有一頁寫有佐川、野田民治和野田岩的名字，那一頁上面還寫著「高木亮」，更是煞有介事地圈了起來。

「要通知高木了。」這是阿國第一時間想到的事。她回到安放公事包和食材的位置，冷靜地查看渡部的進度，看到他仍在和工人們努力地發揮肌肉的能量，但有渡部的加入，好像真的有了不錯的進展。於是她把筆記本塞回原本的口袋裡，再快速地打開渡部的公事包翻找，以確保自己沒遺留其他線索。阿國把所有文件抽出來，卻連裡面的一支鋼筆也一併拉了出來，掉在地上。公事包裡大多都是為佐川準備上法庭時用的文件，看起來沒甚麼特別。阿國把文件收好，重新蓋好公事包才想起那支掉在地上的鋼筆。但渡部他們已經放好木柱了，只剩下固定的步驟。

就在渡部轉過頭來查看阿國的狀況時，阿國剛好把拾回的鋼筆放到渡部的外套口袋裡，還有餘閒對渡部點了點頭示意。渡部見阿國仍然安好，就繼續看著工人固定木柱。其他工人見這部分的工作終於弄好了，就四散在工地裡收拾東西。

「他剛才說自己要走的方向和我一樣，是因為他現在就要去找高木嗎？那我可以怎樣趕在他前面提醒高木呢？」阿國推測著：「如果渡部和我一起走到料理店的話，我就再沒有機會提醒在那裡的高木。但如果我現在先跑回去通知高木的話，一定會顯得很奇怪，說不定會引起渡部的懷疑。既然我沒可能比渡部更早找到高木，那我應該要延後渡部找到高木的時間？要怎樣做呢？」

「小姐，麻煩讓開一點哦。」搬著一堆工具的工人在阿國的附近忙著。阿國邊在腦中思考各種方法，邊彎下腰收拾自己的食材，想要移到別的位置，以免絆到工人們。就在她抱著食材站起身，她的頭剛好正正撞到一個工人抬著的長木板，眼前瞬間一黑。

待阿國再麼張開眼，她只看到渡部的臉。

「哎呀，醒了醒了！幸好沒鬧出人命。」圍住渡部和阿國的工人看到阿國張開眼，便放心地說。然後安心地繼續收拾的收拾，下班的下班，好像甚麼都沒發生似的。

「阿國小姐，你沒事吧？」渡部問。

阿國一時間還不知道發生甚麼事了，只是覺得自己的頭頂痛得要死。

「你剛才撞到木板暈了。你現在有沒有覺得哪裡不舒服？有沒有覺得噁心之類的？」

阿國茫然地搖搖頭，輕撫著頭頂說：「只是覺得這裡好痛。」一摸下才發現頭頂腫起了一塊。

「我們還是去醫院檢查一下比較好⋯」

「不用了⋯⋯」阿國想起自己要趕快通知高木，連忙搖頭，表達自己不願到醫院。

「不可以！撞到頭可大可小的，去檢查一下吧。」

「渡部先生也一起？」阿國輕輕拉住渡部的衣角，讓渡部不自覺地臉頰熱了起來。一定是天氣太熱了，渡部這樣想。

「當然了。」渡部望著手錶，想著就算先送阿國到醫院，再去找高木也仍有充足的時間。他清了清喉嚨說：「怎麼說，阿國小姐你撞傷這件事和我也脫不了關係。要不是我多管閒事，你就不會受傷了。所以我一定會陪你到醫院的。」

他們到了醫院後，不用多久就有醫生替阿國會診。在看到護士帶著阿國走到診療室時，渡部想著自己大概也可以功成身退了。這時，阿國回過頭來望著停住腳步的渡部。她張著一雙無辜的大眼睛問：「渡部先生你要走了？」

渡部實在無法把自己要走的意圖說出口，話句一直梗在喉結附近的位置出不了來。

「不要緊的。」阿國見渡部猶豫著，便說：「渡部先生還有要事的話，留我一個人在這裡就好了。我自己一個也沒問題的。」

「不，我當然會留在這裡。」渡部最後還是軟下心來。怎麼可以讓一個因為自己而受傷的小女生獨自接受治療呢？

醫生先為阿國做了點簡單的檢查，以確定她的意識和認知沒有異常。然後再幫她撞到的位置用冰袋敷了一會，原本腫了起來的地方就慢慢消腫了不少。

「你的傷口沒甚麼大礙，可以回家休息了。不過，這兩三日要特別留意，有沒有出現頭暈，或是嘔吐的情況。如果出現了就請馬上回來醫院做檢查。」醫生對阿國交待說。

阿國望到醫院牆上的鐘，完成檢查後的時間還只是剛到晚上六時半。她問醫生：「這樣就檢查完了嗎？現在沒有其他檢查可以做了嗎？」

醫生搖搖頭說：「可以做的檢查都做完了，你就先回家休息吧。」

沒有得到想要的追加檢查，於是阿國便唯有和渡部離開了醫院。

「我送阿國小姐你回去吧。」渡部正想向新起町的方向走，但被一道微小的力量拉扯住。原來是阿國輕輕拉住了他的衣袖。

「渡部先生……」阿國低著頭說：「我有點肚餓。」

「也對呢，都已經這麼晚了。待會回到阿亮料理店，我們一起吃個飽吧！」

「我不想在料理店裡吃。」阿國馬上說：「因為……因為每天都在那裡吃，膩了。」

「的確，每天都吃的話是會有點——」渡部說，同時覺得自己也太不細心了，竟然沒想到這一點。

「那麼，阿國小姐你想要吃甚麼？」

「臺菜可以嗎？」阿國說：「我知道這附近有一間店到很晚都仍會營業。」

「當然好！說起來慚愧，我來臺灣都已經好幾個月了，還沒吃過臺菜呢。」

「一直都是吃日式的餐廳嗎？」

「對，要不就是買便當回家吃。」渡部笑著說：「我鼓不起勇氣進去臺菜的店吃呢，怕自己會出糗，又怕自己會不懂得點菜。這回有阿國小姐你的陪伴，實在太好了。」

阿國點了點頭，帶著渡部走在往新起町的相反方向。

到了餐廳，阿國叫了三道菜，都是渡部從沒見過的。阿國考慮到渡部看到白切雞的雞頭可能會怕，於是便改叫了三杯雞。另外還有翠玉鳳眼和香菇肉羹，以兩個人吃的份量是稍為多了一點。渡部神色凝重地望著桌上每一碟都份量十足的菜餚，指著那一大碗的香菇肉羹問阿國：「請問，這是一人份量嗎？」

「不是，那是我們分著來吃的。」阿國解釋說，想到日本習慣把餐點分成一份份單人份的做法，難怪渡部會不習慣。渡部知道後，便釋懷地笑了起來。顯然剛才是擔心著食物份量的問題。

渡部抱著嚐鮮的心態，不論是哪一碟菜都夾來吃，也不管是不是真的知道自己吃的是甚麼。而阿國則邊吃邊偷看著渡部的反應，想要知道他的感覺。但渡部始終不喜不惡的，每一道菜都平均地夾著來吃，也不發表任何評論。這讓阿國在意得不得了，但看到渡部一直在默默的吃，又不好意思開口打斷他，怕不小心犯下渡部的餐桌禮儀。於是，整頓飯下來，阿國大半時間都忙著看渡部吃飯吃得很香的樣子，自己倒沒吃了多少。

待渡部和阿國離開了餐廳，阿國終於忍不住問：「剛才的飯菜還可以嗎，渡部先生？」

「都很好吃，真的很感謝你帶我來這裡。」渡部說：「我最喜歡那個——用瓜類做的，很清新很好吃呢。」

「啊，那叫翠玉鳳眼。」

「好漂亮的名字呢。」渡部把名字記在心裡，那下次就可以再吃到好吃的料理了。「只是那個……是雞肉嗎？那個的味道，我有點不太習慣……不過我絕對不是不喜歡的。」

阿國見渡部對自己說了老實話，而不是只說些門面的客套話，心裡感到有點高興。她點著頭，邊想著可能是三杯雞有多種香料所以才會吃不慣，邊靜靜聽著渡部說。入夜後的氣溫變得比白天時涼快，他們並肩走在沒甚麼人的街道，只要一抬頭就能看到漫天的星星。

「其實在臺灣的這段日子，我有時候也會有點不習慣呢。於是我不斷對自己說，不可以繼續以在日本居住時的準則去看臺灣的一切。」渡部難為情地笑著說：「但這真的很不容易呢。說到底我一直生活在日本，我以往的所有經驗和見識都是日本帶給我的。一時間我也不知道可以怎樣才能放下這伴隨我一生的準則。」

「或許也不必放下啊，只要能接納新的事物不就好了嗎？」阿國說：「你看臺灣這個地方不是也一樣嗎？」

的確，臺灣在日本的統治下也變了不少。但這句話從阿國口中說出來，使渡部不禁想，或許臺灣其實並不喜歡這樣的變化。他們只是沒有選擇的自由和權利。想到這裡，渡部便又想起野田民治，心裡忐忑不已。

就在渡部低頭想著這幾天遇到的一連串事件時，一隻橘色的物體在他腳邊挪動，令他吃了一驚。他停下來仔細看，才發現那隻仍在他腳邊不遠的橘色生物，原來是一隻毛茸茸的小貓。小貓看起來像是出生了沒幾天，走起路來仍是跌跌撞撞的。阿國留意到渡部的視線，也跟著看到那隻小橘貓。

「牠是跟母貓走散了嗎？」渡部輕聲地對阿國說，好像怕聲浪太大的話便會嚇跑小貓似的。但小貓根本沒理會他，只是繼續待在渡部的附近。

阿國四處觀察後，指著街道不遠的轉角處，有一個翻倒了的籃子，說：「牠說不定是從那個籃子掉出來的。」

「那我們把牠放回去吧。」渡部蹲下來，正想要用手托起小橘貓，但馬上被阿國阻止。渡部一臉不解地望著阿國。

於是阿國也蹲下來，跟著渡部一樣輕聲說：「如果奶貓身上有人類的氣味的話，母貓就不會再照顧牠了。所以請渡部先生你先不要觸摸到這小傢伙。」

「是這樣嗎？」渡部聽後連忙縮回雙手，問：「那要怎麼辦？如果繼續隨牠待在這裡，說不定會被路上的行人不小心踏中。」想起自己也差點一腳踩中這小生物，渡部在心裡捏一把冷汗。

阿國想了想，問：「渡部先生可以把公事包裡的文件借給我一用嗎？」

渡部點點頭，打開公事包，隨手把其中幾份文件遞了給阿國。阿國用文件輕柔地試著把小橘貓托起來，說：「好了，我們現在要把牠放回那個籃裡。」渡部抬頭看到阿國正小心翼翼地用文件托在小貓的身下，一步一步慢慢走到籃子那邊，然後再輕輕把小貓倒回籃子裡。

渡部看了看小貓的狀況。牠像是對剛才的事毫不知情一樣，舒適地躺在籃子裡。

事成後，渡部和阿國都沒有要離開的打算。於是渡部先開口：「我還是對這個小傢伙有點不放心呢。要不我們待到看見牠的母親出現？」阿國點點頭，同時在心裡感謝渡部把她的想法說了出來。

於是他們在離籃子有點距離的位置席地而坐。渡部問：「阿國小姐你對小貓的事知道得很多呢。還好有你，不然我就已經魯莽地徒手碰到牠了。」

阿國淡淡地說：「那是我小時候的事。一隻住在孤兒院附近的貓生下了小貓，有一次我看到那隻小貓跑到外面去了，便自以為好心地抱了牠回去。但母貓之後對牠的親生骨肉不理不睬，也不讓小貓吃自己的奶。最後小貓就因為缺乏照顧，死了。」

原以為會聽到可愛故事的渡部，沒想到結局竟是如此，失落地說：「……真令人傷心。沒想到母貓會因為小貓氣味不同了就會把牠放棄。」

「人類不是更可笑嗎？就算不是氣味變了，也有著千萬種原因棄掉自己的孩子。」

渡部記得阿國之前提過她是個孤兒，後來是由日本人養大的。於是渡部心想，難道這番話是阿國對親生父母的感受嗎？但渡部不好意思打探這件私事，於是只好說：「希望這隻小貓的母親會來找回牠吧。」

「一定會的。」阿國肯定地說：「一定沒問題的。」

阿國說完後，便再沒有人打開新的話題，只是各自默默地看著箱子的狀況。阿國偷望著渡部輪廓分明的側臉，發覺渡部除了笑的時候以外，其餘時間都像是習慣地輕皺著眉頭。不知道此刻的他正在想甚麼。是在放空？

還是在想著佐川的事？

阿國一想起佐川，馬上便一同記起自己的身份，連忙把視線移回小貓那邊，心裡卻不知為甚麼愈來愈難過。

等了不久，一隻同樣是橘色的成年貓警惕地朝箱子走去。牠向躲在一旁的渡部和阿國的方向望去，望了好一會兒後，才放下戒心，繼續走向箱子。待看到橘色貓輕巧地跳進箱子裡後，阿國和渡部才安心地離開。

三、改變帶來的動盪

阿國向高木匯報了她從渡部身上得到的發現。

「還好有你呢，阿國。」高木欣慰地說：「做得很好。」

「但我不清楚他到底知道多少了。雖然在用餐時有機會直接向他探聽，不過我怕會過於明顯，所以沒那樣做。真是十分抱歉。」

「不要緊，你的判斷很好。反正我也大概知道渡部看到的資料會有甚麼內容。我估計他明天就會來料理店找我，阿國你明天就休息一天，別出現在那裡吧。」高木的手拿著他經常放在口袋的懷錶，邊說邊輕撫著。

「遵命。」

「對了阿國，」高木在阿國準備回到閣樓時叫停了她：「那麼，你們剛才吃晚飯時聊了甚麼？」

阿國頓了頓，回答：「都是些不重要的事情。需要我在報告中詳細列明嗎？」

「不用，既然阿國你說了是不重要的，那我就會相信你。」高木瞇著眼笑著說：「看來是頓很愉快的晚餐呢。渡部真是個不錯的人，對吧？」

「我沒有很清楚，我和他的接觸就只有如報告上寫的那樣。一切都只是為了監視他的行動。」她摸不清高木剛才說的話有甚麼含意，於是用上了她認為最保守安全的答法。

「可惜他太多管閒事了，不是如傳聞所說的唯利是圖，但又有誰能猜得到那居然是對渡部的惡意中傷呢？雖然有點後悔選了他來當律師——他像隻蒼蠅一樣到處查找是有點惱人——但總有辦法處理的。」高木收起笑容，對阿國露出明顯的擔憂：「你可不能跟他有甚麼其他的關係哦。你清楚自己的身份和工作吧？」

「我清楚。」阿國冷冷地說完後，便回到閣樓關上門。

翌日，果然如高木所料，渡部在早上十時左右就來到料理店。

「不好意思高木先生，有沒有打擾到你的生意？」渡部問。

「沒有沒有，渡部你來得剛好。來用早餐的客人都離開了，我正好空閒。」高木和藹地笑著說，邊請渡部隨意坐下來。渡部對高木的印象，是一個經常笑臉迎人的料理店老闆，長得和渡部差不多高，但比渡部要瘦削一點。雖然高木曾說過自己已經五十多歲了，但渡部覺得保持著一頭黑髮的高木看起來頂多只有四十歲左右，比真實年齡年輕了不少。

「我今天來是要和高木先生你匯報一下有關佐川先生案件的進度。」

「哦，是嗎？」高木笑了笑，問：「直茂他怎麼了？你去探望他的時候，他還好嗎？」

「佐川先生的狀況還不錯。不過，他堅稱自己並沒有殺害野田女士，所以並不打算認罪。」

「這樣子嗎？」高木用手托著頭，說：「直茂和阿岩的關係曾經那麼密切，他一時間還無法接受自己親手殺害了阿岩，也不是很令人意外。」

渡部挑起眉，問：「聽起來，高木先生好像很肯定佐川先生就是殺害野田女士的兇手，是這樣嗎？」

高木理所當然地點點頭，說：「對啊，不然還有誰？阿岩不過是個平常的老婦，與人無仇無怨的，除了直茂還有誰會想到要殺害她？」高木微微瞇起了眼，感慨地說：「唉，直茂那傢伙大概是看上了阿岩的錢，才動了歪念。可惜啊，真是可惜啊。不過我想他本性也絕非窮兇極惡之人，就麻煩渡部你盡力幫幫他好了。」

「但是，據佐川先生的說法，他覺得殺害野田女士的是另有其人。」

「是嗎？那你相信嗎？」

「我自己也不太清楚。」渡部說。佐川當時認為最有嫌疑的人是阿國，但這兩天和阿國相處下來，渡部無法想像阿國這樣瘦弱的女子是怎樣獨自殺害野田岩並把屍體埋葬。再說，他還未找到任何相關的證據，指證阿國就是殺人兇手。

「渡部你不用那麼苦惱，」高木拍了拍渡部的背，說：「反正查明真相也不是律師的責任。你就不要給自己太大壓力了。好好替佐川爭取一個合適的判刑，這就全靠你了！」

「當然，我受了高木先生你的委託，就必定會妥善地為佐川先生辯護。請高木老闆你放心。」渡部說：「我只是在擔心，這個命案的真兇可能真的另有他人。」

高木仍是笑著，說：「對了，渡部你來了這麼久，我也還未為你端茶，真是沒記性。你稍等一下。」然後高木就轉到廚房裡沖茶。

「對了，阿國今天不在嗎？」渡部看著只有他們二人的料理店問。

「她今天休假。畢竟阿國昨天撞到頭了，今天就讓她休息一下吧。」高木把茶放在渡部面前，說：「來，請用茶。我們是間小店，阿國休息的話，我一個人也勉強能應付得來。就是比較累而已，哈哈。不過像現在這種時間，一般我們都可以休息一下。」

「平常料理店的習慣都是這樣的嗎？」渡部真正想問的，是既然一般非營業時間，料理店都會讓員工自由休息；那二月十三日那天，阿國會在野田家附近見過佐川的機會也不是沒有。

「對，平常都是這樣安排的。」高木瞇起了雙眼，像是深思了片刻後說：「但如果那天有客人想要包場的話，就不一樣了。我們都會忙得不可開交，全天都待在料理店裡也是會發生的。對了，我要是沒記錯的話，二月十三日那天就正正是這樣的日子。渡部你想問的是這個吧？」

渡部錯愕一下，不知道自己該不該承認。

「不過，我們也沒有那天的確有人包場的記錄。所以談不上是甚麼確實的證據呢。我和阿國也說不定是記錯了。」高木望著渡部的雙眼，說：「不過要兩個人的記憶都同時出錯，這個可能性也有點低吧？」

渡部沒有回應，只是默默地喝著茶。高木把話說成這樣，就是暗指自己雖然無法證明阿國和自己的不在場證明，但渡部同樣也沒辦法證明他們那天不在料理店。渡部心想，和高木硬碰下去也不是辦法，於是嘗試轉換著話題，說：「對了，高木老闆，這個料理店是甚麼時候開張的？」

「是在昭和元年（1926年），所以我記得很清楚呢。這間店已經有七年的歷史了。」

「那麼，高木先生，你以前是警察嗎？」渡部從公事包裡拿出警方調查野田民治的報告，翻到某一頁，並指著調查官那一欄，說：「我之前在警方的報告上看到的，上面寫著你的名字：高木亮。」

高木俯前仔細看著渡部指的位置，笑著說：「哎吔，這真是太有趣了。竟然和我的名字剛好一模一樣呢！」

「所以高木先生你並沒有當過警察？」

「當然沒有了。」

「不過，我去查過警署的人事資料記錄，」渡部觀察著高木的神情，只見他仍是專注地聽著自己的話，表情沒一點改變：「上面寫著，警察高木亮是在大正14年（1925年）離職的。剛才高木先生說過，料理店是在昭和元年開店的。這不是很巧合嗎？」

「對呢，真的如渡部你所說，就真的只是『巧合』而已。一如那份報告上有我的名字一樣，全都是巧合。說不定這位『警察高木亮』也在不知哪個角落開了一間料理店。呵呵，光是想到這裡就覺得有趣極了。」

面對高木死不承認的態度，渡部也只是冷靜地說：「高木先生，我昨天看到阿國小姐偷偷翻找我的公事包和文件。」

高木輕輕挑起了眼眉。

昨晚阿國還對他說渡部並沒有發覺她的行動。到底是阿國真的不知道渡部早就看到她了，還是阿國在說謊？她為甚麼要說謊？她是已經和渡部聯手了嗎？高木一邊想，一邊像是沒事般反問：「所以呢？」

「阿國小姐是高木老闆你的員工，所以我想，她大概是因你的指示才會這樣做。」

「對，阿國是我的員工，但她只是料理店的員工。她在辦公範圍至外有甚麼其他行動，又與我這個小小的料理店老闆何關呢？這些都是阿國的自由。」高木說：「不論是那個和我同名同姓的警察，或是阿國，渡部你到底為甚麼硬要把其他人的奇怪行徑推到我身上呢？我分明就是個普通的生意人而已。」

「高木先生，以下只是我的推測而已。我猜測，你本來是個警察，但後來因為被警方派遣為臥底，所以在記錄上在 1925 年離職。成為臥底後，你負責暗中監視野田一家的臥底，一邊融入他們的日常生活，一邊監察野田民治是否有叛國和策動謀反的實證。而阿國也是高木派遣到野田家偵查的人，『料理店的女員工』只是她用來掩飾的身份。」

高木聽後只是仍然保持著笑容，不置可否。於是渡部說：「剛才我說佐川先生懷疑真兇另有其人，其實他懷疑的就是阿國。而且，佐川先生也對我提到了，野田女士和兩個江山樓藝旦私下的交流，所以我才會查到有關野田民治先生的事。」

「高木先生，佐川先生現在認定了阿國小姐就是殺害野田女士的兇手。他很可能會對警察提出這個懷疑，到時候說不定就會查問到阿國小姐，甚至是高木先生你身上。」渡部衷心地建議著：「你還是把知道的事情全都說清楚，避免不必要的麻煩。我可以以律師的身份向高木先生你保證，必定會按需要把情報保密。所以，請你相信我。不想把事件弄大、引起不必要的懷疑的話，就請對我說實話吧高木先生。」

高木望著渡部，沒有開口。

於是渡部用指尖敲了一下桌面，強調說：「高木先生，警方可能還會樂於維護你，但你有信心法律界會願意為你做同樣的事嗎？還有傳媒呢？他們說不定會對你的故事很感興趣。」

「這算是威嚇嗎，渡部律師？」高木仍是一臉輕鬆的模樣，問：「如果我仍然堅持自己不是警察的話，你會怎麼樣？在法庭告發我嗎？還是四處向記者訴說這個未經證實的『故事』？」

渡部沒有回答，只是堅定地望著高木。

「渡部，我原以為你只是個老實人，沒想到你原來同時也是個聰明人，而聰明人是值得得到獎勵的。」高木拿著懷錶，邊玩弄著邊對渡部說：「以下就是你得到的獎賞：就讓我也跟你說一個故事。」

「我原本在內地愛媛縣當警察，由於長得不怎麼樣，」高木苦笑著說：「而且家裡也不算是十分富裕，不過當警察多年，還算是能儲到了一筆錢，一直到三十八歲才娶了個十五歲的年輕老婆。原本想要從此過著幸福美滿的家庭生活，但我太太在婚後兩年就病逝了。」

「對不起，問起高木先生你的傷心事。」渡部說。

「沒關係，都已經是很久以前的事了。」高木打開他一直拿在手裡把玩的懷錶，遞給渡部看，而渡部看到懷錶的錶面旁邊，放著一張少女的照片。高木繼續說：「她就是我那病逝了的太太，很漂亮對吧？」渡部點點頭，高木便把懷錶合起來，說：「這麼年輕就去世了。當時我真的很傷心，而剛好在那時警隊裡有派遣計劃，想要招募一班願意到本島當警察的人。

由於要遠赴臺灣，不少日本警察都不願意離鄉背井，但對我來說，到臺灣反而是個極好的機會，可以讓我遠離愛媛縣這個傷心地，展開一段新生活。於是我便請纓調職到本島，也理所當然地被當局接納了。

在大正8年（1919年）我來到了本島，正式上任後不久我才發現，在臺灣這裡警察的工作和在日本那邊時有太大分別。在日本，特別是我本來所處的鄉郊地區，很多時警察只不過是維持秩序，偶然幫忙尋找失物，是件有點平和的工作。但到了本島，我時常被訓斥，要必須時刻保持對本島人有所警剔。在他們眼中的本島人，每個都有著反抗意識，每個都極為討厭內地人，每個都會對日方警察施以暴力。你能想像那份壓力嗎？」

渡部雖然和高木一樣，是個從日本來到臺灣的日本人，但渡部始終沒有當過警察，他也不敢說自己真的明白高木當時面對的壓力。不過，渡部想起自己在臺灣見過日方的警察，的確是對臺灣人特別警剔；更甚者亦有惡言相向或肢體碰撞的情況。

高木沒有等渡部回應，便逕自說下去：「我當時被派遣的單位每天都忙著巡查各個場所，特別是文化人聚集的地方，因為警方的上級認為文化人最容易把危險有害的思想擴散開去。我還需要審問可疑人士，不管用任何手段都必須得到有用的資料。你懂嗎？我所說的——『任何手段』，合法的不合法的、人道的還是不人道的，全都用上。這讓我很吃不消。我受不了每天都要進行重複又重複的審問，我也受不了自己對要審問的對象開始感到模糊，開始覺得他們的臉都長得一模一樣，甚至開始覺得他們並不是人，他們不過是一塊肉，他們跟我們不同，他們是沒有感受的。我不想這樣下去。

於是當有機會轉到秘密監視的任務時，我不禁想：這不正是我可以抽身的好機會嗎？我馬上答應了上級的要求。當時我的上司日高文太警視也答應讓我負責監視行動，但條件是我必須以臥底的形式執行，要對外放棄警察的身分，而且知道此事的人就只有日高警視這個上司，所有匯報都是直接向日高報告。這聽起來很可疑，對吧？不過當時的我，為了逃避審問的工作，雖然對日高警視開出的條件十分猶豫，但最終還是選擇了踏上臥底之路。要是渡部你的話，你會做出跟我一樣的選擇嗎？」

「我應該會放棄警察這個身分吧。畢竟它說到底也不過是一份工作，既然這份工作和我當初所認知的理念不盡相同，那我會乾脆離職吧，我是這樣認為的。」

高木點點頭，說：「很像是你的選擇。但我當時沒有這樣做。可能是心裡仍抱著一絲希望：或許別的崗位會比較好吧？或許整個警察廳裡仍有些比較合理的部門吧？可能就是這些毫無根據的希望，令我仍然留在警界裡。也或許是單純的，我怕走出了警察廳後，就再無容身之所了。」渡部想起了自己來到臺灣的原因，心裡產生了和高木之間的共鳴，但他甚麼都沒說出口。

「利用料理店老闆的身份，加上假意附和與奉承，我不用費多少氣力便和民治混熟——

啊，都習慣了這樣親暱地喚他了，叫回野田民治倒是不太習慣。沒想到都已經過了好幾年，有些習慣就是改不了。」高木笑著說：「及後又透過民治的介紹混進江山樓的圈子。在有機會獲邀加入臺步社時，我一再猶豫——對了，渡部你應該也知道臺步社吧？」

「對，在警方的資料有寫著。當年野田先生就是因為是臺步社的創始會員，主張日臺居民平等共處的理念，而多次被警方請到警署偵訊。但我有留意到，那份報告並不是高木先生寫的，報告上也並沒有提到你的名字。」

「對，你說的沒錯，但那些情報資料其實全都是我提供的。當初有機會加入臺步社時，我也怕雖然是臥底的身份，但自己加入了這個明顯地是與政府對抗的組織，真的沒問題嗎？而日高警視則不斷鼓勵我加入，說甚麼『機會難得、可一不可再』之類的，還說事件完結後一定會向上級提到我的功績，好讓我升上警部的位置。他見我還是猶豫不決，便以人格保證我一定可以全身而退，不用面對任何可能的刑責。既然日高警視把話說得這樣明白，我也沒有選擇的權利，就加入了臺步社。當時每個成員都在一份社員名單上簽名作實，當然我也包括在內。而這份名單則寄存在民治的家裡。他們選擇民治家的原因也挺好笑，說是因為民治是個在這裡有地位的日本人，日本警察比較沒可能會仔細搜他的家。不過他們的確說對了。警察儘管常到民治的家搗亂，但並沒有認真花時間逐寸搜查他的家。畢竟他們只是要嚇怕民治一家，根本沒有打算要提出控告之類的。」

渡部想起自己昨天在警署看過的資料。高木說他們只是想嚇怕民治而沒打算提告也許是真的，不過以渡部的判斷，以警方收集到的所謂「證據」而言，要能堂堂正正地把臺步社的成員入罪也不是件容易的事；因為臺步社的確是個相對和平的組織。但要是他們腐敗得要強行把一眾成員定罪，也並無不可就是了。

在渡部這樣想的同時，高木繼續說：「我原本只當民治是個可以利用的棋子，但愈和他相處得久，便愈發被民治的意念所感染。民治雖然常被警方破壞他所籌辦的活動，但他總是沒有放棄，繼續死心不息。原本我只覺得他很傻，但後來我開始認為，如果自己能像他一樣待人處事，哪會有多好？至少可以活得磊落一點。

民治有很多理念都是我以往聞所未聞，有不少更是和我在本島當警察那幾年認知到的相互違背，起初我無法接受，是礙於要接近他和他的組織，才假意裝作認同；但民治一步一步的細心解說，總讓我不禁暗自質疑和動搖自己過往的價值觀。」

高木沒告訴渡部的是，日向曾對高木提議，讓他說服民治以更激進的手法爭取他們的訴求：「這樣子我們才更出師有名，而且也更容易讓其他在本島的日本人意識到，那些對日本政府有意見的臺灣人是有多危險。」日向對高木說：「我也能對上頭說，你幫忙剷除了一個極端的團體，那不是很好嗎？」

「但臺步社從來都不主張暴力……」

「高木你也是他們的一員，你提議的話說不定可以激起他們真正的欲望。」

雖然高木心裡也覺得不太可能成功，但就故且順著日向的意思一試。當高木在臺步社的會議上提起這件事，竟出乎意料地真的引起了一番討論。

「嗯……其實高木先生說的，我之前都有考慮過。說實話，我們一直只是在做一些刊物、宣傳和講座，好像都沒引起多少人留意。」

「的確，要讓多點人注意到我們的主張，說不定真的要靠多少激進的手段。這樣才可以令更多人知道我們組織的存在，同時吸引更多有志一同的成員加入。我們現在的規模，實在是太小了。」

「當然，我也很反對像是西來庵事件的暴力行動；但，像現在這樣的平和的方針走下去，真的有效嗎？反正那些警察也不管我們是有多和平理性，他們仍是三不五時就來抓我們回去問話。既然他們的行為都這樣骯髒，那我們也不用繼續當一個君子。真的做些行動出來，可能就能嚇怕他們，讓他們稍為收斂一點。」

這時民治開口問：「大家真的都覺得我們一直在做的都很沒意義嗎？」與會的人都沒有回應。

「我在想，或許我們在做的事都很微小，都很不起眼。也許就如大家剛才所說，沒有引起多少人注意。不過，從來要糾正大家的思想，不是都靠一點一滴，慢慢地改變嗎？而且，警方那邊是很骯髒，我也很不喜歡他們。但我更不喜歡那個為了要達成目標，所以變得比對手更骯髒的自己。難道你們加入這裡，就是為了把自己變得跟他們一樣嗎？」

就是這段話，讓高木覺得民治這個人真是無比可憐。以民治這種崇高得幾近潔癖的理念，是任何事件都做不了的。因為民治用自己的道德價值把手腳縛得動彈不得，高木一早就知道民治的目標和理想是無法在這個混亂的世道實現。

所以高木為仍然堅持努力不懈的民治感到可憐。民治對高木而言，就好像是在世間看到的一隻近乎絕種的動物。高木知道這動物是因自身的習性而絕種，但又不禁被牠的稀少存在而深深吸引。

「到了後來，我不忍心舉報民治。很可笑吧？」高木苦笑說：「身為一個監視者卻忘記了自己的本份。但日向警視當然不知道這種內情，他要求我要匯報臥底工作的成果，並再次承諾會把我升職到不再需要審問疑犯的職位。於是我向上級報告的是臺步社的一些活動，好讓日向能從中破壞活動，順便向更上級領功。」

「但日向警視並沒有實現當初的承諾，對吧？不然高木先生現在應該已經是警察廳的警部，不再是臥底，也就不會像這樣和我見面了。」渡部猜測說。

「沒錯，日向不單沒把我升職，反而在幾個月後進一步命令我要交出成員名單，好讓他們能一舉抓捕所有成員。雖然成員名單不在我身上，而在民治那裡，但我當時已在臺步社待了好一段日子，也是能一一列出所有臺步社的成員名字。」

渡部聽著有點疑惑，於是問：「日向警視再一次食言了嗎？」

高木露出出乎渡部預期的爽朗笑容，說：「我已經被那傢伙玩弄過幾次了，還會無條件地相信他嗎？我也有自己的考慮。首先，萬一所有臺步社的人，除了我以外，全都被捕了，那不是很明顯地我就是告密者嗎？這很可能會在日後被人復仇。再者，在我供出所有人後，領功的就只有日向，而那個經常出爾反爾的日向也未必真的會如承諾將我升職。最壞的情況是，日向那傢伙在領功後中止我的臥底工作，然後再度把我調回原本的審問職位。那麼，我的一切努力不都是白費了嗎？」

渡部不禁在心裡佩服高木的思想比自己周詳。如果是自己的話，大概會單純因為不想辜負野田民治對自己的信任，而拒絕上司的要求。

「於是，我以自己並沒有手持成員名單為由，只把其中幾個本島成員的名字交上去應付。雖然日向一再施壓，但都被我哄騙過去。」高木瞇起眼笑著說，令渡部開始對這個男人的機心感到恐懼：「最後，我雖然保住了大部分臺步社的成員，包括民治，但亦間接使臺步社解散。而日向亦果然一如我所料地，沒有遵守承諾將我升遷，而是要我繼續混在江山樓，查看會否有其他可疑分子。」

「那為甚麼高木先生你還不辭職呢？既然你的上司一次又一次地欺騙你。」

高木聽到渡部的問題後，腦裡第一個浮現的影像是野田民治的臉。高木搖搖頭，像是要擺脫腦中的想像，又像是在否定渡部的說法，解釋說：「其實我知道這個安排後，心裡暗自抒一口氣。在這裡正好樂得清閒，只要不時交上幾個人名，我就可以繼續維持這種平淡的生活。可能只要不用再回去做審問的工作，其他的我都沒甚麼所謂了。

我的夢想就只是安安穩穩地過日子，以前在日本的時候是這樣，現在到了臺灣也是，就只是一個如此卑微夢想而已。可是，安樂的日子沒過多久。民治因病過世了，而升了官的日向又來下達命令。他說，上頭得到消息，指民治的遺孀阿岩為臺灣的反政府份子印製刊物，要我趕緊查明。上次是要我接近民治，今次更連民治的遺孀都不放過，加上我也實在不想再幫那個出爾反爾的日向工作了。」高木嘆了口氣說：「我跟日向推說，阿岩始終是個寡婦，儘管我以『賴母子講』的民間金融互助會想要接近她，但仍是沒辦法如接近民治般容易。畢竟男女有別，我們兩個的身份不容許我過於接近她。我本來以為這樣子就能擺脫這個任務。」

「於是他們派了阿國來？」

高木點頭肯定了渡部的猜測，說：「他們沒有放棄，派了阿國當我的手下，讓阿國潛入阿岩家中。但阿岩十分謹慎，所有運來的刊物都只和江山樓的兩個藝旦交收，沒有留下任何文件或證據在大宅裡，阿國就算住進了阿岩家裡也仍是一無所獲。阿國很著急，反而我則是表現得不痛不癢的，不斷對她說：『不用心急，慢慢來。就算拿不到決定性的證據也沒關係。我們只是準時向上級匯報就好。我們在乾著急也不能解決任何問題』。我想阿國也能隱約察覺到我並沒那份熱誠去完成那所謂的任務。因為她不像我，沒有被日向那混帳三番四次地哄騙，所以才會如此盡責地想為上級賣命。不過阿國始終是個服從的人。雖然有這樣的懷疑，但她仍然聽從我的指示，低調地在阿岩家生活。

我本來真的就打算這樣安安穩穩的混下去，直到退休。若不是去年發生了那件事的話。」

「那件事？」發生在去年的大事，渡部只能想到在去年五月發生的犬養首相遇刺身亡事件。但渡部暗自覺得，和高木有關的應該並不是這件事。

「就是五月的首相遇刺事件，渡部你應該也知道吧?是件大事呢！」

看到渡部愕然的樣子，高木便解釋說：「的確，那件事本來與我這個遠在本島的小小警察毫不相干，頂多就是稍為哀悼一下的程度。但隨著犬養首相的死，內閣轉換引致人事變化。渡部你也有聽聞吧？」高木向渡部打了個眼色，然後放輕聲浪說：「說是犬養首相的死同時宣告了民主政府的失權，軍權正式入主掌控政治。前些日子不是才發生了二二六那件不祥事件嗎？」

渡部點點頭，想到令人心寒的日本政治派系鬥爭。

「正因如此，日向和一批在本島的警察被調回內地，轉到軍隊之下。以現在軍隊的動向，此舉也是合情合理。不斷壯大自己的力量，一貫軍權政府的做法。」高木繼續說：「日向臨走前把我的檔案轉交到他的接任者——入間義男。入間這個人可真是不得了。」高木緊皺著眉，搖著頭，像是看到甚麼令人生惡的事物一樣，說：「這個男人以嚴厲肅清所有異見份子見稱，警察廳裡有點年資的人，只要聽到『入間義男』這個名字都會眉頭一皺。就算不是入間的下屬，只要和他稍稍在工作上有關連到，都會被入間的嚴厲所折磨。所以大家能避開的話都會儘量躲得老遠。要不是入間少了一條腿的話，像他這種紀律嚴格得過了頭的性格，鐵定能在軍中成為一個優秀的將領。我想，他或許也有點惱恨自己行動不便吧？畢竟現在的日本可說是最適合他表現的年代了。」

高木抓了抓臉頰，喝了口茶，回復一貫的笑容說：「我好像說得太多了，哈哈。總之，入間警視正下令要徹查所有異見團體的成員名單，不問細節，不論該團體解散與否，參與的成員一律定為有罪；若是犯人是日本人，罪加一等，將判以死刑。」

「甚麼？」渡部吃驚地說。身為律師的渡部熟知日本律法，但他無論在記憶內怎麼翻，也找不到任何一條相關法例是有像入間警視正提出的判決：「可以這樣隨意定下法律以外的規條嗎？」

高木笑了笑，說：「很可怕吧？你現在懂他根本就是惡鬼的化身了吧？更可怕的是，我不是提過有一份臺步社的名單放在野田家裡嗎？我曾經在上面確實地簽過名。而臺步社即使已經解散了，也被入間列為『異見團體』的一欄。日本人在本島當警察後可以有多殘暴，我也是最清楚的一群。我和他們光是站在同一陣線就已經受不了，更是絕對不想站到他們的對立面上。」

「那麼，高木先生，你找到那份名單了嗎？」

高木搖搖頭，說：「我先是讓阿國趁阿岩不在家時，仔細搜查野田家的每個角落，務必要把名單找出來。但阿國遍尋不獲，大概是阿岩把名單和其他重要文件藏到別的地方去了。」

「高木先生不可以直接拜託野田女士，讓她交出那份名單嗎？反正現在名單對她來說也沒有任何用途，不過是一份紀念物而已吧？」

「我是要怎樣拜託阿岩呢？難道對她和盤托出所有事情，說：『對不起，其實我曾經主動假意接觸你的先夫，但我後來出賣他了，所以你可以幫個忙把那份名單給我嗎？』還是要隱瞞她我真正的身份？那我又是為甚麼要忽然向她取回一個社團的名單呢？」高木難得的低落地說：「要是讓阿岩知道是我間接讓臺步社解散，她一定會恨我的。她一定會想，要是臺步社還好好的，說不定民治就不會病死，所以我就是那個讓民治鬱鬱而終的壞人。我要是阿岩，我就絕對不會把民治留給我的一份名單交給這麼一個壞人了。」

「所以，是高木先生你殺害了野田女士？就為了用來保命的一份名單？」渡部推測說。

人都是自私的，為了自己的性命而選擇奪去他人的生命，渡部想，這可能算是人的天性。但起碼，這個案件有了一個合理的解釋了。

「沒有，我當然沒有！那時我的確很絕望，但我想到的辦法不是殺人，而是我的同鄉佐川直茂。」

「佐川先生？」

「渡部你也聽說過直茂的故事了吧？他這個人天生就是個被女人寵著的幸福男人。我在想，如果是直茂的話，或許能哄出阿岩的收藏地點。於是我拜託直茂幫忙找出名單的下落。」

渡部難以置信地望著高木。渡部原本以為，就是高木為了名單殺害了阿岩，但高木竟然說他只是委託了佐川幫忙找那份名單；而佐川在和他面談時竟然隻字不提這件事，只提過高木是自己的同鄉而已。渡部不知道是佐川一直對他有所隱瞞，還是面前的高木在說謊。

高木見渡部一臉懷疑，於是補充說：「我就真的已經絕望到只剩下這種下策了。不過，我也為當時極為落泊的直茂帶來生活上的改善，所以也不只是佔他的便宜，勉強算是互助的關係吧。這就是我唯一要求直茂做的事。我也不知道為甚麼最後直茂會殺害了阿岩。」

渡部沒有開口答話，只是一直在思考著。

高木繼續說：「我坦白告訴你，我現在十分苦惱，因為我仍未找到那份名單。其實我已經因此而正在打算要離開本島了。與其不知在哪一天被入間找到判我死刑的證據，每天過著提心弔膽的日子，我倒不如趁自己仍是個無罪的自由身，到另一個地方過活就好了。我一直就只是想過些簡單的、安穩的生活。」高木強調：「渡部，請你一定要相信我，無論是我還是阿國，都只是想要找到成員名單，並沒有理由要殺害阿岩啊。反而現在阿岩一死，我們便更不可能找到名單的下落了，你說對吧？」

高木說得很有道理，而且他說的時候也好像很真摯，把很多其實不需要向渡部坦白的細節都一一交代了。那份名單對高木而言的確像是個隨時會爆炸的炸彈，他是必須找回來的；而如果高木真的只是想找到名單，他是不需要殺害阿岩。

但，如果高木說的不是真話？他要的並不是阿岩手中的名單，而是其他東西？可能是阿岩的金錢？或是阿岩知道了他的秘密，所以他必須要殺她滅口？

渡部在聽完高木的一番自白後，雖然得到了很多資訊，但渡部不禁覺得，自己離真相好像愈來愈遠。

四、仍是愛情故事

渡部再度來到南署。比起上一次，他的心情更為複雜。最初，渡部只知道自己要為一個殺人案的嫌犯辯護，他也因此對佐川直茂這個人的身世做了不少調查；而這次到訪，渡部對野田岩的認識也多了。光是從文件上和高木亮的口中，知道阿岩所經歷過的事，就讓渡部為她的死感到可惜。

加上，就在渡部要進拘留所探望佐川前，一個警察笑瞇瞇的交給他一份從愛媛縣來的文件，好像那份文件是一個很好笑的笑話似的，還是在他眼中，渡部是個灰諧、惹人發笑的小丑一樣。渡部把文件打開來看後，眉頭便皺得更緊了。

「龍一，你來了。」佐川仍是以往一般，一臉輕鬆自在的模樣，除了變得有一點點憔悴外，絲毫沒有像一個殺人嫌犯的緊張不安感覺。

「我剛剛和高木先生見面了，他全都告訴我了。」渡部望著佐川的雙眼，看他是否會有動搖：「包括你是為了查出臺步社名單的下落，才會接近野田女士。」

佐川不發一語，他的表情看起來像是在說「所以呢？」於是渡部繼續說：「我們不是說好了，不可以有所隱瞞嗎？這麼重要的資訊，佐川先生你怎麼可以不告訴我呢？」

「那是因為，我答應過阿亮要對這件事保密，無論如何都不可以說出來。所以，抱歉了龍一，我沒有提前告訴你。」佐川合上掌，露出愧疚的表情：「不過龍一你最終也有從阿亮那裡聽說這件事，這實在是太好了。因為只要是阿亮親口告訴你的話，那我也不算是違反了當時和他的約定。」

這實在是太離譜了，已經超越了渡部可容忍的範圍，快到達他要爆發的臨界點。渡部深吸了一口氣，想要讓自己冷靜下來，然後開口說：「如果我告訴你，這件事重要得會影響審判的結果，佐川先生你還會選擇隱瞞我嗎？」

「當然會隱瞞啊。不就說了我和阿亮之間有了保密的約定嗎？我是個遵守約定的人。」

渡部用難以置信的眼神望著佐川。佐川這個人真的是為了遵守那所謂的約定，才閉口不談與高木的交易嗎？還是佐川只是考慮到，這項交易會影響自己在律師眼中的觀感，所以為了保持良好印象便決定要隱瞞這件事？如果是前者的話，那佐川還真是個不折不扣的笨蛋。

「龍一，沒錯我在一開始的時候，的確是按阿亮的指示，住進阿岩的家，想要找到那份甚麼名單。但到了後來，我都幾乎忘記這件事了，因為我是真心愛著阿岩的。這點請龍一你務必要相信我。」而其實渡部最不在意的，正正就是佐川是否真心愛著阿岩這件事。對渡部而言，愛情並不可能是件長久的事情。這一天、這一刻，可以有很濃的愛意，但隨著時間流逝，誰又敢說出會永遠以同等的濃情愛著同一個人呢？再者，說算佐川是真如他所說的愛著阿岩，愛也不是不會殺害一個人的證據。以渡部以往的經驗，「愛」這件事，往往反而是殺害別人的原因。

「如果佐川先生你沒有殺害野田女士，那請問你回到愛媛縣的老家探望家人時，為甚麼可以如此一擲千金？」渡部看著剛才在警察手上拿到的文件說：「在這份剛從愛媛縣寄來的調查報告，上面指佐川先生你回到老家後，不單給了父親一萬元的巨款，還送了一些金銀珠寶給親友。這件事在佐川先生你的故鄉引起了不少話題，鄰居都形容你是個發跡了的浪子，說你是風光回鄉。請問佐川先生，這麼一大筆錢和珠寶是從哪裡來的呢？」

佐川眨了眨眼，遲疑地說：「我是有回老家探親，因為既然阿岩都回日本了，我待在老松町也沒甚麼好做的，所以便久違的回去看看家人。但……我沒有帶甚麼巨款和珠寶回去。」

渡部錯愕地望著佐川。他曾猜想佐川可能會推說那筆錢是阿岩送給他或是借給他的，但渡部可沒想過佐川竟然說自己根本沒有如報告上所指的帶錢回老家。

「你說你沒有帶錢回去嗎？佐川先生，整整一萬元的巨款，你該不可能會忘記吧？」

「我真的沒有帶過錢回去啊！我自己在本島的生活也不是過得富裕，又怎有閒錢帶回愛媛縣的老家呢？我只是單純地回去探望一下家人。」佐川抓了抓臉頰，說：「儘管不好意思但也要直說，我可是連伴手禮都忘了要帶回去，又談何帶了——龍一你剛才說是多少——一萬元？我連一萬元是怎樣的形狀都沒概念。」

「這是不可能的。」佐川搖搖頭，問：「是我的家人說我帶了一萬元回去嗎？」

渡部把文件翻來覆去，再次讀清楚上面的資料，並按著上面的文字說：「這裡說是你的鄰居給的證言。的確沒提到是由佐川先生你的家人作證。」

「或許我真的應該帶一萬元回去老家，就算要問阿岩借我也應該這樣做；又或許其實我根本不應該回老家。」佐川苦笑著說：「對，我是不應該回去的。原本想說，這麼多年在外工作也不曾回老家探望，我的家人大概多少會有那麼一點點想念我吧？至少在臺灣的我是偶爾也會想起他們的，也會懷念以往在家裡的快樂回憶。

但我那次回到愛媛，他們不止沒有如我想像般歡迎我，還生怕我是回來討錢的，三番四次探問我回來的原因。他們根本不在乎我是生是死。更不用說我在外面生活的日子，就算過得如何都與他們無關一樣。如果我真的拿著一萬元回去，龍一你說他們對我的態度會不會好一點點？」

渡部望著佐川一臉哀傷又自卑的樣子，自然又同情他起來；儘管佐川這個人真的很不靠譜。渡部如實地說：「家庭的事情我也不太清楚。」

「我想是會好一點的。起碼他們會願意相信我是因為想念他們才長途跋涉回到愛媛探望。」佐川嘆了口氣，說：「我又哪有可能像龍一你說的風光地回鄉？這只會在夢中才會出現。」佐川說時一臉嚮往，大概這真的是他一直以來都希望自己能做到的事。

「那佐川先生你會為了實現這個夢想而……」

「殺害阿岩嗎？」佐川生氣地說：「不會，肯定不會！是個男子漢的話，就應該要靠自己的勞力來賺錢，我是這樣認為的。雖然我在年少時的確曾因偷竊而被定罪，但在那之後，我就已經徹底改過。再者，阿岩以前的丈夫是個了不起的男人，我也想成為一個配得上阿岩的人，所以我不會為了錢而殺害阿岩，也不會偷走阿岩的任何所有物。這是我的原則。」

「那麼，在大阪因盜用妓女的皮肉錢而被捕的事，佐川先生你又怎樣解釋呢？正正就是這次被捕，才讓一直為野田女士失蹤案而搜捕你的警察找到你。難道這次被捕也是假的？」

「沒有，被捕是真的。」

「這不是很矛盾嗎？佐川先生你剛才不是說，要成為一個男子漢，所以絕對不會再作出偷竊的行為嗎？」

「我只是——當時我只是想要在回本島前先到大阪走走，順道買些伴手禮給阿岩。但我進到一間酒家後，一個穿著打扮艷麗的女性一直陪我喝酒。她叫做甚麼名字呢……我都已經忘記了。那時我想，有個人來結伴喝酒也不是件壞事，於是就沒有拒絕，讓那個女生坐到旁邊一起喝。喝到中途，我也多少察覺她大概是個陪酒女郎，所以也有了在結帳時要多付一筆錢的準備。這也不要緊，反正當陪酒也不是件容易的工作，大家都是不幸的人，她也是要靠工作糊口，我是理解的。」

渡部一邊聽佐川說一邊想，既然大家都是不幸的人，那為甚麼到後來又偷了別人辛苦賺來的錢呢？但渡部並沒有打斷佐川的話，只是讓他繼續說下去。

「沒想到，到了結帳的時候，店家竟然要我付五百大元！這已不是普通的陪酒費用，而是敲詐了吧？」

渡部聽後也吃了一驚。那時普通打工族一個月的薪金就大概是五十元，那間店索價五百元就等同於一般人十個月的工資。這可是極之離譜的價格。

佐川繼續說：「我付不出來，便想要跟他們說道理。但店主找來了三個身形壯健的男人，說我要是付不出來就寫欠據，否則不用妄想可以離開那間店。」

「還會有這種事嗎？」

「這種事在那個世界多的是啦。龍一你也太單純了吧，是很少到那種污煙瘴氣的地方嗎？」佐川笑著說，眼裡帶著滄桑：「我當然堅持不給錢，反正我也只剩下一條爛命。他們也對我無可奈何，於是像是要發洩一般把我毒打一場。我在混亂中還手，抓傷了其中一人，就被他們抓到警察署，冤枉我偷了那個陪酒女生的錢。事情就是這樣。」

「所以報告上寫的又是不實的內容？」渡部感到煩燥，因為所有有關佐川的報告都和佐川本人說的版本差距極大。

「對，我在警局時已經多次對他們說我沒有偷過任何人一分一毫，我是被冤枉的。但他們說我有偷竊的前科，所以——」佐川不太在乎地聳聳肩：「說甚麼都沒用。」

「也就是說，佐川先生你既沒有帶一萬元回老家，也沒有挪用妓女的皮肉錢？」

「沒錯。」佐川點著頭說：「龍一你試想想，如果真如報告所說，我殺了阿岩後，偷了她的錢送給家人——我總不會把所有錢都交給家人，多少也會留一些給自己花吧——那我身上應該也很有錢，對吧？那麼我在大阪時又何須再犯險偷那個酒店女生的錢呢？你不是提到，因為這次被捕，我才被警察找到我嗎？如果我真的殺了阿岩，我大概不會做出這種容易被警察找到我的行徑吧？一直低調行事，不就可以繼續逍遙法外嗎？」

「那說不定佐川先生你是把偷來剩餘的錢都用光了，才要再次出手偷錢。」渡部嘗試提出各種可能：「再不然就是你根本有偷錢的僻好。就算你沒有用錢的需要，但只要有機會，你就不能控制自己想要偷錢的慾望，因為偷竊能帶給你刺激和快感。」

「我可從來不覺得盜竊是件好玩的事。一如我跟你說過以往的事，我之前偷的錢都不是為了自己享樂才偷的。」佐川帶著受傷的眼神說。他沒想到渡部會對他有這種錯誤的印象。佐川繼續說：「如果我是個花錢花得這麼兇的人，當初就根本不會把錢送給家人，而是自己全花了就算。而且，如果像龍一你所說的，我有偷錢的癖好，那麼在野田家的時間我有太多機會可以偷錢了，犯不著要待上好幾個月才想到要謀財害命。」

渡部一時間無法想出反駁佐川的理據，於是佐川便繼續說下去：「可能因為我有著偷竊的前科，所以龍一你、警察和其他認識我的人都會無法信任我的話，無法相信我真的已經改過了。不，真的不要緊。」佐川看到渡部想要開口解釋，便阻止他說：「我在這些年都已經習慣了。本來相處得不錯的一些人，在後來知道我曾經坐過牢後，看我的眼神都不再一樣了。原本純粹的眼神變得戒備、閃爍；也許帶點抱歉，像是在可憐我這個帶罪的人。我真的都習慣了。

但就只有阿岩是不一樣的。她沒有對我的往事指手劃腳，也沒有帶著同情的態度對待我。她就只是，好好的待我像一個正常人。這樣就已經很足夠，也讓我覺得很安心。」

「所以，」佐川堅定地望著渡部，說：「就算我最終被判有罪，就算最後被判死刑，我也沒所謂。只要龍一你幫我找出殺害阿岩的真兇，我就算死也瞑目。」

「你真的確定要這樣做？」

佐川淺笑著說：「反正我已經失去了阿岩，這個人生裡也再沒有甚麼好眷戀的了。」

渡部望著佐川，覺得這個男人不止傻，也有點可悲，無論怎麼看都是個不折不扣的輸家，但自己卻是無法討厭他。

「那麼佐川先生，我要向你說明警方找到野田女士的屍體的經過。你準備好了嗎？」

佐川吸了一大口氣後，說：「雖然不想面對，但我已經準備好了。有關這部分的事，警察一直都沒告訴過我。可能是怕太早讓我知道的話，我就有更多時間去思考辯駁的方法吧。不過也多虧他們，我才可以一直活在自己的幻想裡：阿岩可能仍然在生，一切都不過是個惡作劇。」

「可惜的是，野田女士的確已經離世了。」渡部直白地說：「根據警方的報告，他們是在野田家後院裡的一棵辣椒樹下找到野田女士的屍體的。當時因為其中一個在場的警察察覺到，那棵幾個星期前仍相當健康的辣椒樹呈現不尋常的枯萎，所以才引起警察的注意。他們在樹下挖掘後，找到野田女士的屍體，而她的屍體當時已經輕微腐爛……」說到此處時，佐川露出難過的表情，眼眶滲著淚光。光是從渡部的描述來想像阿岩的屍體狀況，對佐川而言顯然已經是種折磨。

「佐川先生你要是承受不了，我可以……」

「不，請繼續說下去。」佐川沙啞地說。

「報告指，野田女士的頭部有受到重創後留下的傷口，所以推測野田女士是頭部受重創致死。」

「頭部受重創？你確定嗎？」佐川忽然從剛才的傷心變得激動起來。

「沒錯，我是依警方的報告照著唸的——」

「怎麼可能……明明那時候……」佐川呢喃著一些渡部無法聽清楚的語句，然後出乎意外地，佐川突然開始嚎哭起來。

「佐川先生……佐川先生你沒事吧？」渡部不知所措，只懂得無意義地問。

佐川沒有因渡部的話而平復下來，反而情緒愈來愈失控，不斷大嗌著：「是我殺了阿岩……阿岩對不起！我沒想到……對不起……是我殺了你！那個殺人兇手就是我！是我殺了阿岩！全都怪我——」

兩個穿著整齊制服的守衛聽到佐川的哭喊於是前來查看情況。他們不解地望著渡部，想要從他身上得到佐川失控的原因，但渡部自己也是不知就裡，於是也是無助的回望他們，搖搖頭以示自己也是一無所知。

正當兩個守衛想要打開拘留所的門，進來制止佐川的大吵大鬧，佐川便因過於激動而換氣過度，從椅子上「碰」的一聲掉到地上。

「佐川直茂！佐川直茂！」兩個守衛連忙開門，衝到佐川的身邊，而渡部則是無助地站在一旁看著。但無論他們拍打他的臉多少次，昏了過去的佐川仍然是閉著雙目，毫無反應。

六月十二日午後二時

幾個警察打扮的人在南署出來，抬著在擔架上的佐川，把他運送到附近的醫院。渡部緊隨其後，也一併走到醫院。暫時未能確定佐川是生是死，以及他忽然要被送往醫院的原因。其後會向院內的護士打聽。

渡部坐在病房外的一角發呆。他想要知道佐川忽然認罪的理由，但佐川仍然在病房內接受治療，連他是生是死也不知道。忽然變得無所事事的渡部，只好在醫院裡呆著，等著佐川醒來。

他嗅到濃烈的漂白水味，周圍的人熙來攘往，有穿著白袍的醫生和護士，也不乏前來探病的人。人們都說著臺語，陌生的音調和語節。無論渡部用盡了努力專注地聽，他仍是一句都聽不懂，這使渡部不期然地感到既無助乏力，又覺得孤獨。好像整個空間就只遺下他一人，其他人都有自己的目標，有自己的家庭，有可以回去的地方，有著自己在臺灣生活過的痕跡和記憶。他們和這個環境毫不違和，獨獨只有他是這麼的格格不入。

渡部原本以為自己很快就能適應在臺灣生活，畢竟這裡和日本有著不少的相同。但渡部在臺灣待得愈久，就愈覺得自己永遠都不能回復像以前一樣生活。這裡的生活習慣和日本好不一樣，這裡的食物和日本也好不一樣，好像連水的味道也和自己所認知的很不同。偶爾在臺灣人的眼中，渡部能看到他們對自己這個日本人的恐懼；這是以前從沒有過的經驗。

這種種的差異讓渡部覺得好難過。但最讓他難過的是，無論有多不習慣有多難受，他都沒有回去日本這個選擇，只能一直前進。

「渡部先生？」才剛想到自己在臺灣孤獨一人，忽然就有一把聲音呼喚著渡部，讓他從發呆的時光回到現實。渡部抬頭一看，發現面前的是阿國，而他剛才完全沒察覺到她是甚麼時候出現的。

「阿國小姐，你怎麼會在這裡呢？」渡部揉了揉眼睛，難掩倦意地問。早上聽到高木說了一大堆，後來又在拘留所看到佐川失控暈倒，全都使渡部覺得好疲累，很想這一天可以快點結束。

阿國指了指自己的頭，說：「我是來回診的。」

「對，我都忘記了。」渡部點頭說：「醫生怎麼說？沒甚麼大礙吧？」

「醫生說已經消腫了，我也沒其他症狀，所以大概不用再回診了。」

「那真是太好了。」

「渡部先生呢？」

「嗯？」渡部茫然地望著阿國，一時間不明白她的問題。而阿國則自然地坐在渡部身邊的位置。散開的袴裙看起來好漂亮。

「渡部先生又是為甚麼來到醫院了？難道是身體不適嗎？」阿國露出擔心的表情。

「哦，不是，我沒有不舒服。」渡部遲疑了片刻，說：「只是佐川先生他進來醫院了，所以我也跟著來而已。」

「佐川先生？他還好吧？為甚麼會嚴重得要進醫院呢？」

「這……」渡部說：「這個就不太方便透露了。」

「抱歉，」阿國不好意思地說：「我問到了一些案件上的事了吧？」

渡部只是笑了笑，不置可否。

「那麼，渡部先生你介意我在這裡陪你一起等嗎？」

渡部有點錯愕，想了一想後還是點點頭，讓阿國繼續坐在他旁邊。

其實阿國在提出陪伴渡部的建議後，自己也是十分驚訝。她根本沒有需要來跟渡部搭話，她要知道所有有關佐川的資訊，早就已經從護士身上得到了。阿國知道佐川是情緒失控而昏倒，她更知道佐川在昏倒前忽然承認自己殺害阿岩。她也沒有需要和渡部一起花時間等。現在阿國更應該做的，是回到料理店向高木報告這突發的一切。

但阿國望到在病房外的渡部，看到他露出了傷感的表情，她就不自覺地走上前向他搭話。

明明自己只是個奉命要監視別人的工具，阿國在心裡懊悔地想著。

很長的一段時間，渡部和阿國真的就只是默默地坐在病房外呆等，彼此間毫無言語交流。但渡部卻單單因為有阿國的陪伴，心裡開始不再糾結於案情上的煩惱，臉色漸漸地緩了下來。

「不知道昨晚那隻小貓怎麼了，會不會又自己偷偷跑離母親身邊？」還是渡部先開口說。

「牠這麼活潑，一定又在到處亂逛了。」想起那隻可愛的小貓，阿國笑著說：「但母貓一定有辦法找回牠，我相信是這樣的。」

又過了一陣子的沉默後，渡部問：「光顧料理店的大多都是日本人嗎？」

阿國點點頭，說：「很少會有臺灣人進來。偶爾可能是因工作關係，跟著職場上的日本人一起來的臺灣人，倒是有那麼一點點。」

「那，阿國小姐你會討厭日本人嗎？」渡部想起自己遇過的，那些對日本人帶有戒心的臺灣人，於是問。

阿國搖搖頭：「不會啊，我從小也是日本人帶大的。」

渡部想，自己問這個問題也是白問的。哪會有臺灣人直接坦白說自己討厭日本人呢？就算心裡真的這樣想，也不敢說出口吧。但渡部還是很想從阿國口中，聽到她並不討厭日本人。彷彿對渡部而言，這是件很重要的事，而親自確認這件事就能讓他心裡好過一點似的，讓自己得到一點不配擁有的救贖。

「只是，有時候我不太明白為甚麼日本人要來到臺灣呢？」阿國說：「畢竟臺灣離日本也有一段很遠的距離，而且要離開自己在日本的家，來到臺灣不會覺得很寂寞嗎？反正我是無法想像自己離開臺灣會是怎樣。」

「我想，每個在臺灣的日本人一定都有他們各自的原因和故事吧。」渡部說時想到高木、佐川和野田一家。好不容易才稍稍放下的案情，又霎時湧現在腦海，使渡部的眉頭不禁緊皺了起來。

「那渡部先生又是為甚麼會來到臺灣呢？」

「我嗎？我原本在東京擔任律師的。後來因為一些事，所以便……來到臺灣了，哈哈。」渡部本來想笑著帶過就算，但看到阿國期待的樣子，便只好坦白說：「其實也不是甚麼大事，只是自己過於衝動了而已。我原本負責的一宗罪件，明明不論是證據還是證人，都對我的辯護人有利，證明他是無罪的。我對這案件有很大的信心，儘管我好幾個同期好友都跟我說，那個起訴人在政治圈頗有地位，怕是不容易會敗訴；而且日本法律界很少出現起訴失敗的案件，叫我不要抱太大期望。但我還是相信法律是平等公正的。

最終法官判了我的當事人罪名成立。法官無視了我提出的所有理據，直接按他自己的意願宣判。於是我一怒之下，就衝到法官席打了那個法官一拳。很傻對吧？明明只要乖乖等待上訴的機會、重新再挑戰一次就好。」

阿國搖搖頭，安靜地讓渡部繼續說下去。

「理智上我是明白這些道理的。但是啊，看到那個法官的咀臉，我就忍不住揮拳打他了。我想，要是有機會再讓我重來一遍，我還是會毫不猶豫地揍他一拳。」渡部現在雖然說得輕描淡寫，但當時這件事對他造成了極大的影響：「後來雖然沒有吊銷我的律師資格，但事件傳出去後，我也很難再在日本的司法界立足。畢竟，日本看重的是服從和紀律。」

「之前渡部先生說過，你曾因一些事件而被人惡意抹黑，誣陷你是個唯利是圖、愛錢如命的惡質律師，也是與這件事有關嗎？」

渡部點點頭。他沒想過當時只是輕輕提過一句，阿國竟記在心上。「我也不確定謠言最初是從哪裡來的，可能是被打的法官為了確保我從日本法律界消失，才刻意傳出來；也或許是與他同一派系的法律人士，為了保護法官的名聲，先用謠言來貶低我吧？總之，這個傳言就在打法官事件不到一個月之間，傳遍整個法律界。多虧這樣，來找我的客人沒一個是正正常常的。」

「於是就來到臺灣了？」

「對，因為在日本待不下去了才來到臺灣，這樣聽起來真的很遜。但的確，我就是因為發生了這件事才想到要來臺灣生活，否則我可能會一直留在東京吧。」

「那麼渡部先生你會想念在日本的家人嗎？」

「不會，」渡部淺笑著說：「因為我跟阿國小姐你一樣是個孤兒，在日本根本沒有親人等著我回去。或許也是因為這個原因，背後了無牽掛也無負擔，我行事才會如此魯莽吧。」

聽到渡部也同樣是孤兒這件事，讓阿國的心情複雜。但她同時也很清楚，這個共通點並不會讓他們彼此間多了一份親密。他們依舊是來自兩個不同的世界。

「後來我得知自己打法官一事引起傳媒的留意，並派了記者調查那法官的底細，揭發他真的多次收取利益而改變判決。那篇報道引起了熱議，當時不少其他記者也爭相揭發司法界的黑暗面，可以說是稍稍肅清了法律界的不當風氣。而那個法官也因此引退辭職。」渡部的眼中閃爍著喜悅：「每次想到公義竟以這種曲折的方式來實現，我就深信一直付出的努力總有一天會有成果的。」

「抱歉，我在一股腦兒地自說自話，一定把阿國小姐你悶壞了。」

阿國搖搖頭，說：「不會，我很高興渡部先生願意跟我說這麼多。」

渡部望了望牆上的鐘，說：「我也不知道還要等多久，所以不如阿國小姐你還是先回去吧。我怕會浪費了你的時間。」

阿國原本想說「不要緊，我願意繼續陪你等下去」但想到自己的確仍要回料理店向高木交待，便說：「好的，那我先告辭了。希望渡部先生也不用等很久。」

阿國站起來正要離開的時候，渡部說：「對了，雖然可能是我太多事了，但這種工作不太適合阿國小姐。」渡部手中拿著一支鋼筆，阿國認得那是她之前在忙亂中放進渡部的西裝口袋的那一支筆。阿國一直以為渡部被蒙在鼓裡，並沒有察覺到任何異樣，而現在被渡部當面揭穿了自己，顯出她的技倆有多拙劣，也說明她一直出現在渡部面前的意圖並不純粹。

被蒙在鼓裡的一直就只有自己。

阿國馬上漲紅了臉，不知道自己應該拚命解釋，還是這只會愈描愈黑。她以為渡部會殘忍地恥笑她，但渡部只是說：「不要繼續做這種工作了。這工作太危險，我會擔心你。」

阿國在回去的路上不斷想，既然渡部從對話的一開始就已經知道自己是來跟蹤他的，為甚麼渡部仍讓她坐下來呢？為甚麼他的態度仍是和之前一樣，而沒有對她露出厭惡的神情？為甚麼他還願意向她坦白自己的過去？阿國覺得好丟臉，不單是被揭穿，還偏偏是被渡部這個人揭穿。

更讓阿國難過的是，這個第一個說會擔心她的好人，只是她在工作上的其中一個目標而已。

再過了兩個小時，佐川終於醒來。渡部馬上進病房查看他的狀況，只見佐川不斷地在低聲哭泣，也沒有吵鬧，只是一直流著淚，哭得整個身體也在微微發抖。

「佐川先生，你還好嗎？」除了這樣問之外，渡部也不知道在這個情況下還能做甚麼。

「我……我沒事……」哭紅了鼻子的佐川可憐兮兮地望向渡部，像極了一隻剛出生的小鹿：「龍一啊……原來是我殺了阿岩啊！那該怎麼辦？」

「怎麼忽然說是你殺了野田女士呢？明明佐川先生之前一直都堅定地否認這件事。」

於是，哭得悽慘的佐川斷斷續續地把二月十三日發生的事說給渡部聽。

在二月十三日的早上，阿岩的確有向佐川交待她要到內地辦事。這一點佐川之前就已經對渡部提過。

「為甚麼忽然回去日本呢？也不是適逢甚麼大節日。」佐川問阿岩。畢竟臺灣與日本也有一段不短的距離，所以阿岩一年也只會回日本最多兩次，而且多是在一些重要節日才回去，例如新年。

「我打算把在臺灣老松町的大宅讓給先夫的姪子野田英雄，所以要回去辦好轉移的手續和文件。」阿岩說。

「這間大屋嗎？」佐川歪著頭，不解地問。

阿岩點點頭，說：「對。我想，說到底這間屋也是當時民治付款買的，始終也不是我的資產，所以好像把它交還給野田家的人比較妥當。」

佐川點點頭表示理解。他就是喜歡阿岩處事的風格，俐落大方，也絕不佔別人便宜。

「然後我手頭上有點錢，把這裡交給了英雄後，我也可以搬到熊本的日奈久溫泉附近安享晚年。」阿岩輕鬆地笑著說，像是很滿意自己安排的這一切計劃：「倒是有一點點不捨得這裡。」阿岩撫著大屋的木柱，說：「每個角落都充滿了回憶呢。」民治還在生時的回憶，以往直士仍住在這裡的記憶，當初剛搬進來、把這裡視為一個安穩的家的喜悅，阿岩全都記得清楚。

她記得，民治最後病塌在床上的時光，也是在這個家裡休養。她記得，儘管民治的身體已十分虛弱，但仍不忘拜託阿岩，讓她在書房的其中一塊地板下，把一份文件拿出來。她沒有打開文件，只是好奇那是甚麼樣的機密，為甚麼要這樣神秘地藏在地板下。民治告訴她，那是臺步社的成員名單。

「既然臺步社已經解散了，咳咳⋯」病重的民治喘了幾口氣後，才繼續說：「那就在我還有一口氣時，把名單燒毀吧。」

「不用留下來嗎？要不我把它親自送到其中一個成員的手上？」

「不用了⋯⋯」民治說：「我怕這份名單會惹來後患，還是把它燒成灰，這樣我才安心⋯⋯」民治疲憊地勉強睜開眼皮，緩慢地說：「算是我為大家做的最後一件事。」

「但是民治，這始終是你一手創辦的組織，你不會捨不得嗎？」阿岩把名單放進火盤裡時說，火舌快速地吞噬那曾經的誓盟。

民治笑了笑，但已經與過往阿岩所熟悉的開朗笑容有所不同。他說：「阿岩啊，記憶只需要留在腦裡便足夠。」

沒錯，記憶只需要留在腦裡便足夠。阿岩清楚自己已不再需要靠這屋子來懷念民治。

佐川卻以為阿岩所說的回憶，是指與他一起的回憶，便說：「對呢，這裡有很多我們的快樂回憶呢！我們第一次見面就是在這個玄關。還有和明月彩雲辦的歡送會，也是一段美好的回憶。不過為甚麼阿岩你會忽然決定搬離這裡移居到熊本？」

阿岩唏噓地說：「像你剛才所說，江山樓的彩雲和明月也已經搬離，這裡也不像以前熱鬧了。而且，」阿岩想了想後說：「民治在生時掛念的一些東西，我也已經盡力完成了。既然如此，好像也沒有了要繼續留在臺灣的意思。」

阿岩覺得，以現在的政治局勢，軍權和言論的限制變得愈來愈大，自己好像在臺灣也沒再沒甚麼可以做了。而且少了明月和彩雲的幫忙，她也難以把犯禁的刊物運到江山樓，亦很難再和那裡的有志之士商討對策。雖然阿岩跟在民治身邊多年，但她始終無法表現得像民治一樣敢作敢為。

在心底裡，阿岩還是害怕著這個政權。

佐川雖然不是太懂阿岩的話，但一心想著只要和阿岩在一起，到哪裡去都沒分別。於是佐川說：「既然阿岩你都想好了，那就不要再多慮了！就到熊本去吧，轉換新環境也是件刺激的事。」

怎料，阿岩交了個裝了錢的信封給佐川。

佐川打開了信封，看到裡面厚厚的一疊紙鈔，仍是滿心期待地問：「這是做甚麼的？要我幫忙去買旅途上的所需嗎？」

阿岩說：「不是的，這筆錢是給直茂你的。」

「給我？為甚麼？這裡很多錢啊，我可不能無故接受。」佐川搖著頭，想要把信封交還給阿岩。

但阿岩並沒有收回，只是說：「我是希望直茂你能用這點錢發展自己的事業。直茂你這好幾個月都在這裡幫了我不少，又幫忙收租、煮飯，有時候連家裡的衣服也是你幫忙洗的；而且我看得出，直茂你是個善良的人。所以這一點錢，就當是我投資在直茂你身上的。」

佐川聽到阿岩說他是個善良的人，眼眶便忍不住濕潤了。

「謝謝你——從來沒有人說過我是個善良的人……連我父母親也不曾這樣稱讚過我……」佐川說到後來更是哭了起來。

「傻瓜，真是的……好了好了，他們只是不懂得表達而已，但是在他們的心裡，直茂你一定是個最好的孩子。」阿岩說，同時想到，自己好像也沒有怎麼稱讚過自己的兒子直士，心裡便難過起來。

佐川擦乾了淚水，仍是把那筆錢推給阿岩，說：「但是這筆錢還是先存在阿岩你那裡比較好，待我們抵達熊本後你再逐少給我吧。我怕自己會在途中就弄丟了。」

「直茂你也要回日本嗎？不打算留在本島嗎？」

「當然不了！阿岩你在熊本，我也一定要跟在你身邊。怎麼會留在臺灣與你分隔二地呢？」

阿岩沒有出聲，但臉上露出了尷尬的表情，讓佐川有種不詳的預感。

「阿岩你沒打算和我一起搬到熊本嗎？」

「……我的確是計劃自己搬到那裡去的。」阿岩也想不到還可以怎樣婉轉地把這個事實說出來。

「然後我自己一個拿著這筆錢留在臺灣嗎？一個人孤獨地？」

「……對。」阿岩為難但明確地說。有佐川相伴的日子雖然也是挺開心的，但佐川始終不是自己的兒子，總不能一直要求他待在身邊。而且佐川也已經三十歲了，是時候好好為自己的人生負責。

佐川想到阿岩要撇下他，聯繫到以往經歷過被阿德丟下的悲痛。他頓時悲傷失控，抓著阿岩的肩膀問：「是不是我有甚麼做得不夠好？我……我都願意為你改！請你——拜託阿岩你不要丟下我一人——因為我再也離不開你了。我一直以來是在多麼的深愛你，難道阿岩你都感受不到嗎？你怎麼能這樣忍心地撇下我？」

這時阿岩才驚訝於原來佐川一直視她為愛戀對象，不過她還是嘗試好好地向佐川解釋：「直茂，你先冷靜一點。我一直以來都只是當你像是兒子般的存在。如果你有甚麼誤會了，我在這裡向你道歉。」

但佐川不接受這個解釋，他仍是抓著阿岩的肩，只是手中的力度漸漸加重，到了阿岩覺得疼痛的地步。佐川邊搖著阿岩，邊哭著說：「阿岩你是不是嫌棄我沒出色，在工作上也表現得沒有你那麼優秀，所以才故意說出這種謊言？是這樣嗎？」

「……不是的。直茂你嚇壞我了。請先放手，我們坐下來慢慢說清楚好嗎？」阿岩被失控的佐川搖得快要站不穩，但她仍是儘量冷靜地對佐川勸說著。

「我真的都願意改！我能夠感受你的愛，我知道阿岩你是愛我的！所以請你給我一段時間，我保證就能變成一個優秀的男人，像是——像是野田民治一樣的好男人……不，我大概一輩子也無法成為像他一樣的人……無論我怎樣努力……」激動的佐川忽然一下子頹然放手，讓本來就頭昏腦脹的阿岩頓時摔倒，後腦撞到茶几上。

佐川看到阿岩受傷了，才終於恢復理智，連忙扶起阿岩。

「對不起……對不起，阿岩。你沒事吧？」佐川慌張地說，他從來都不想傷害到阿岩，此刻他覺得自己是世上最差勁的人。佐川本來想要摸一下阿岩的傷口，但又怕阿岩會痛，於是只好在阿岩旁邊緊緊握著她的雙手。

阿岩雖然感到既頭暈又頭痛，但還是安慰著佐川說：「我沒事……你先好好冷靜下來，待我從內地回來後二人再好好詳談。好嗎？」

「你真的沒事嗎？」佐川急得哭了起來。

「沒事……我休息一下就沒事了。」阿岩緩緩坐起身來，用力地回握佐川的手以示自己沒大礙：「我待會還要收拾回日本的行裝，直茂你就先到外面散散心，待我從內地回來後再談吧。」

「阿岩你都受傷了，就先不要回日本，留在這裡休息好了。起碼這裡有我可以照顧你。」佐川仍是擔心地說，但已經沒之前那麼不安。

「不行，我和野田家約好了，可不能失約。直茂你不用太擔心，這點小傷沒事的。」

「那……」

「你去吧，」阿岩笑著說：「不用幾天我就回來了。到時候多的是時間可以慢慢聊天。」

於是，傷心的佐川就依阿岩的話，離開野田家到酒館借酒消愁。就是那時候在家門附近遇到阿國。晚上佐川回到野田家時，阿岩已不在家裡，所以佐川就認為她已經動身坐船回到內地去。

「不用幾天我就回來了。到時候多的是時間可以慢慢聊天。」佐川大概沒想到這句竟然成了野田岩對他說的遺言，渡部邊聽邊想，不管稱呼這是命運還是天意，還真是殘忍啊。

仍然相信阿岩是愛著他的佐川，在病床上哭著對渡部說：「一定是我——是我那時候錯手一推，害阿岩斃命的——她那時候撞到頭了！我從來沒想過原來是我錯手殺死了阿岩，我居然還一直想找到兇手。直到龍一你跟我說阿岩的死因，我才知道……是我！我怎麼就沒有帶她到醫院去？就是這樣，阿岩才會死的……都是我的錯！」佐川愈說愈激動：「我是罪有應得的！請龍一你替我改為向法庭認罪……」

渡部一邊消化著佐川說的話，一邊想到不合理的地方：如果真如佐川所說，阿岩是因佐川錯手而死，而佐川從酒館回到野田家後就再沒見過阿岩了，那又是誰把阿岩埋在辣椒樹下？

「那佐川先生你是甚麼時候把野田女士的屍體埋了？」渡部問，但佐川只是哭著搖頭。

「佐川先生！請你回答我……」

失去生存意志的佐川除了斷斷續續地向阿岩道歉外，再也沒說出另一句話。

五、結尾

渡部從醫院走到阿亮料理店，太陽已經徐徐降下，街燈雖然尚未亮起來，但街道上仍不至昏暗。到了料理店，渡部以為店裡正忙著晚市的生意，但店內並無一點燈光，似乎是沒有開門營業。反而在店鋪上方的閣樓倒是亮了燈，於是渡部繞到店的後方，爬上破舊的木樓梯，敲了敲閣樓的門。

「是誰？」阿國用臺語問。雖然渡部聽不懂，但他認得那是阿國的聲音，於是朗聲說：「我是渡部。不好意思打擾了。」

好一陣子閣樓內都沒有傳出任何聲音，渡部也只是不安地站在門外等。好幾隻渡部說不出名字的小昆蟲圍著渡部的頭飛著，使他有點困擾，但又不想要伸手去趕走。

終於門開了，微微的光線從裡面透出來。但門開了一點就停了下來，阿國露出一小部分的臉龐說：「渡部先生來有甚麼事嗎？」

「我有關於野田女士被殺案的消息想告訴你。」

「……是。」阿國依舊保持著那半開的門，似乎沒打算讓渡部踏進閣樓裡。

「方便的話，我們可以先進去再說嗎？」渡部說完後才想起對方是個少女，單獨和男子共處一室似乎甚為不妥，於是馬上補充說：「但如果阿國小姐介意的話，我就站在這裡聊……或是到樓下去也是可以的！」

阿國想了想，便打開了門，說：「請進。」

「真的可以嗎？」

「沒關係。」阿國冷冷地說，讓渡部感到不自然，好像時間忽然又回到和阿國第一次見面時的狀況。

閣樓裡面的環境不是很好。渡部第一眼看見的就是一條巨大的、灰黑色的管道，從閣樓的地面連到天花。渡部在暗自猜想，那應該是樓下料理店在燒柴火時用作排氣的管道。而且，屋內除了在角落處埋放了一箱箱的食材和日用品，也不見有任何像樣的家具。渡部也只好跟著阿國一樣，盤膝坐在地板上。

阿國靜靜地望著渡部，等著他開口。

「佐川先生已經承認了殺人罪。」渡部說。

「是嗎？」阿國沒表情地說，說時低著頭。渡部雖然沒有認識阿國很長時間，但他察覺到這是阿國有所隱瞞的表現。

「阿國小姐，你在二月十三日是否真的沒見過佐川先生？這對案情真的很關鍵。」

阿國搖搖頭說：「沒有。」

「現在佐川先生已經承認了殺人罪這項大罪，所以就算被警方發現他埋葬野田女士的屍體於辣椒樹下，對他將會面臨的判刑也沒大分別；他亦再沒有理由要為了誣陷你是兇手，而謊稱在那天見過阿國小姐你。但佐川先生在認罪後重新描述案情時，卻再一次肯定地提到他在推跌野田女士後，在離開家門的不遠處遇到阿國小姐。我的推測是，阿國小姐你一直否認自己在二月十三日那天遇到佐川先生，主要的原因是因為你不想讓人知道你在那天曾回到野田家，因為野田女士其實是阿國小姐你埋葬的。」

阿國聽到後沒有開口說話。既沒有承認渡部的說法，也沒有否定。

渡部繼續說：「根據佐川先生的說法，他在離開時野田女士雖然撞傷頭部，但是仍然保有意識。而當阿國小姐你回到野田家，發覺受傷的野田女士再次暈倒而倒臥在地上，失去知覺。」其實渡部想過阿岩是阿國殺害的，但他很快就毫無實據地拋棄這種想法，全是基於心裡相信著「阿國是個好人」這種他自己也抱有懷疑的概念。只不過是認識了阿國短短數天，憑甚麼要相信這個人呢？渡部自己也想不明白。

但情感上他仍然寧可選擇相信阿國只是負責埋葬阿岩，而不是殺害阿岩的人。

「但我不理解的是，發現這種情況的你，為甚麼選擇埋葬，而不是一般的做法，先找醫生來檢查阿岩的傷勢？」

開。

阿國聽到這裡，忍著良久的眼淚不禁就流了下來。正當她想要開口時，閣樓的門忽然打

「阿國我們要談一下——」推開門的高木顯然有急事想找阿國，但他馬上就看到渡部，於是連忙堆出笑容說：「哎吔，原來阿國你有客人在。真不好意思，妨礙到你們了。」

阿國把頭轉到背著高木的方向，說：「不要緊，渡部先生也打算離開了。」

「是嗎？」高木挑著眉看向渡部。

「是的。」渡部雖然想從阿國口中知道事情的真相，但也決定順著阿國的話做。他相信阿國的決定是對他們最好的，於是便站起身，朝高木的方向走去。

「真的抱歉了，」高木在渡部經過他身邊時說：「你們一定正在聊些重要的事吧？」渡部一笑帶過，便走著木樓梯下樓。

高木的視線一直跟著渡部的身影，確定他已經走遠了，便問阿國：「他知道多少了？」

阿國把渡部剛才說的內容全告訴高木。她不知道高木到底在門外待了多久，說不定他從一開始就在偷聽。所以和盤托出還是比較安全。

「那你應該沒有說甚麼多餘的話吧？」高木一邊玩弄著手中的懷錶一邊說：「你清楚自己的身份吧？你是日本警方養大的，所以你必須對我們忠誠。」

阿國點點頭，表示明白。

「記清楚，你本來就和一頭狗沒分別，請你好好認清自己的主人。」高木說：「那個渡部好像變得愈來愈麻煩了。我們在離開之前必須先把他處理掉。你用你的方法把他引來料理店，我會找機會把他毒死。明白了嗎？」

「有必要把他殺死嗎？」阿國沒情感地說：「把渡部殺害了不會引起麻煩嗎？」

「這是唯一讓他閉咀的方法。還是說，你捨不得渡部死？」

「不會。他不過是一個監視的目標而已。」阿國說：「放心，只要我跟渡部說，要向他把案情全部說清，他就一定會依約來料理店。他現在對我深信不疑，相信我想要把真相告訴他。」

「那很好，就交給你了。抓緊時間，我們在三天後就要離開這裡。」

「遵命。」

過了兩天，渡部依約出現在料理店店前。這天是個下雨天，渡部撐著傘，從店外打量著，不難發現店內已變得空無一物，裡面的擺設全都搬走了，一副準備結業的樣子。渡部看到高木從原本是廚房的空間走出來。高木仍是保持著一臉笑容，輕鬆地對渡部微微鞠了一個躬。

「是來找阿國嗎？先進來吧。」高木笑著說，邊熱情地招呼著渡部進店內。

但渡部仍是站在原地，問：「高木老闆，怎麼店裡變成這個空盪盪的樣子了？難不成是打算把料理店關了嗎？」

「對，我打算不幹了，準備回內地生活。之前聽了渡部你說的話後，我也想了很多。的確，現在的工作和我真正想做的事相差太遠，我最後也決定把工作辭了，回日本從新開始。這都真的要感謝你的一席話啊，渡部！」高木說：「你還是先進來吧！外面下著這麼大雨，一會兒淋濕了生病可不好。」

於是渡部便把傘收起來，如高木所願走進店裡。

高木見渡部乖乖地如計劃般走進店內，心裡便複習接下來的行動：先是讓渡部坐下來，如平常般端上溫茶。只要渡部喝下那杯茶，混在茶裡的毒就會進入他的身體，使他全身受劇烈痛楚後死亡。就算渡部堅持不碰那杯茶，高木也預備好用武力把茶強行灌下去。無論是何種選擇，渡部的結局從踏進店內的一刻就已經註定了。

而渡部還沒坐下來，就忽然揮拳直擊高木的鼻樑。不明所以的高木雖然突然被攻擊，但仍能保持本能反應想要還擊，用上全身的力撞向渡部。渡部被高木撞到牆壁，想要用拳打向高木的背讓他放手，但高木始終壓制著渡部。於是渡部改用膝連續好幾下狠狠撞向高木的肚。

「啊——！」高木發出一陣悲鳴，手上的力道因肚上的痛楚而稍稍減弱。渡部乘機把高木推開，揮拳打中高木的左頰。渡部見成功得手了，便想要再一次揮拳打向高木的臉龐，但這次被高木閃過了。高木一邊躲避一邊後退，忽然後腳跟撞到硬物，原來是用來隔著半開放廚房和用膳區的間隔。

這正合高木的心意。他記得那裡還留著一樣對他有用的東西。高木的右手向後往廚房的方向伸去，很容易就摸到自己慣用的刀子並一把抓住，然後隨即向渡部揮去。雖然這一下攻擊並沒有劃中渡部，但赤手空拳的渡部馬上就佔了下風，必須時刻閃避著刀鋒的去向。

儘管高木現在手持武器，但他的年紀比渡部整整大了二十年卻是不爭的事實，他的體力已經漸漸被渡部消耗不少。於是高木呼喚著：「阿國！」想讓阿國幫忙對付渡部。

高木在視線的邊緣看到阿國從店的後方跑過來。見援兵來了，高木的心裡放鬆了一點。但沒想到，阿國從他背後用一個玻璃酒樽擊向他的後腦。錯愕的高木在暈倒前一刻，只冒起了「啊，我是被自己養的狗反咬一口」的念頭。

高木醒來時，發現自己被綁在椅子上。他只是稍稍用力一下，也沒有太大掙扎就能確定這個事實。而渡部和阿國就站在他前面，就算自己真的僥倖掙脫，以他現在的體力，也不願意再與他們二人搏鬥。

高木也不打算裝無辜。他想：既然阿國計劃要和渡部聯手，那她一定已經把真相告訴渡部；而以渡部的性格，他決定了要向自己動手，想必就是相信阿國說的話才會有這樣的舉動。

如果渡部對阿國的話心存懷疑的話，渡部會選擇坐下來慢慢溝通，而不會像現在一樣把高木綁起來。所以高木分析過後，也省得白費氣力裝傻，他只是冷冷地微笑著，從心底佩服著阿國。

「阿國你真是的……以為幫了渡部就能洗脫自己犯下的罪嗎？別那麼天真了。」高木冷冷地說：「不會的。你和我的所作所為會一直纏繞著我們，直到死去。」

阿國聽後臉色一沉。她在事前通知了渡部，讓他知道高木計劃把他毒殺。在這之前阿國都沒想過自己是為了贖罪才這樣做，但聽高木說完後，阿國不禁想，或許在潛意識間她是有這樣的計算也說不定。

「阿國小姐只是做了該做的事。」渡部說：「而高木老闆你也應該把所有真相說出來。」

「你還想要知道甚麼？」高木臉上的笑容變成嘲笑：「你想知道的，阿國不是全都告訴你了嗎？又何必要我再多說一次？」

渡部望了阿國一眼後說：「我需要你親口承認自己犯下的罪。」

「好，隨你喜歡吧。反正我現在也是沒有選擇的餘地了。」高木低頭看著綁在他胸口和腰間的繩子，無可奈何地說。

案發當日，阿國因為身體不適而從料理店早退，回到野田家。她才剛踏進客廳，就看到阿岩倒在地上昏迷不醒，立刻跑出家門想要求醫。

「但是，工作非常盡責——真的，非常盡責——的阿國轉念一想，」高木帶著不懷好意的笑容望著阿國：「阿岩昏倒了，正好是個找回臺步社成員名單的好機會。於是猶豫片刻後，決定先跑到料理店通知我。渡部啊，你當時要是看到阿國跑來時，滿臉冷汗、毫無血色的病容，一定又更心生憐愛了吧？」高木意有所指地望著渡部說。

「可惜啊，就是阿國你這個決定把阿岩害死的。」

阿國沒有開口，好像認同高木的話似的，默默地垂下了頭。

「我隨阿國來到野田家，馬上搜索阿岩身上會否有鑰匙或是名單。畢竟阿國已經住在野田家好一段日子，屋內的地方她全都搜過了仍是一無所獲，所以我的推斷是，剩下的可能就是名單就藏在另一個秘密地方或是阿岩身上。在搜索的期間，阿岩緩緩醒了過來。我記得阿國你那時候還天真地說：『太好了，阿岩小姐你沒事。』真是個善良的孩子。」高木望著阿國笑著說。

阿國這時忍不住無聲地哭了起來。可能是對高木所說的話感到噁心，也可能是為了高木接下來要說的話。

「我看到阿岩張開眼睛的時候，馬上將她的頭部再次撞向茶几，一直到她最後斷氣身亡。」

「為甚麼？為甚麼你要殺了野田女士？」渡部問：「你的目標不是只有尋回那份名單嗎？為甚麼要濫殺無辜？」

「無辜嗎？阿岩看到我在搜索，一定會起疑，所以不可留她活口。如果她不死的話，我以後是要怎麼自圓其說，解釋自己為甚麼出現在她家裡翻找著她的衣物內外？」高木看似委屈地皺著眉說：「我這是沒其他選擇才做出的行為。渡部你能理解嗎？」

渡部一點都理解不了。他發現高木這個人總是提及自己是沒有選擇的，不論是在殺害阿岩這件事上，還是繼續當警察打壓異見人士，他都是身不由己，沒法子之下才做的。

高木由始至終都認為自己並不需要負任何責任。這讓渡部感到憤怒。

「既然人都死了，我就讓阿國幫忙把屍體埋到土下。這是我能想到最方便的方法，畢竟你不知道佐川甚麼時候會回來野田家。」高木說：「就在我們用草蓆草草包住了阿岩的屍體，並想要把它抬起，艱難地走到後院去時，忽然，阿岩的鄰居平川和大川婆婆在野田家門前探頭張望，把我和阿國差點嚇死。」

「『這次糟了，被當場抓包了』、『事敗了』，這樣的想法滿佈在腦內。但平川和大川望著我們，沒有惶恐也沒有預想中的驚叫，只是幽幽地抱怨了一句：『你們怎麼把這個女人弄死了？』我聽後又是嚇了一跳，不禁想，自己是不是在夢境裡？她們還拉起衣袖幫忙挖土，情形就像是兩個平常至極的歐巴桑，忙著在花園種植盆栽一樣，但她們可是在幫忙埋屍體哦！

渡部你能想像，這有多驚人嗎？」

「我那時百思不解。可能是看到我驚慌失措的樣子，於是平川和大川直接解釋說，她們二人從搬到這附近後，就一直都是監視野田家的線眼。她們還一邊催促呆住了的阿國，說不快點把屍體埋好說不定會被請田婆婆發現，而且佐川也隨時會回來。於是我們四人合力用了半個小時，把包在草蓆裡的阿岩埋在辣椒樹下。事情就是這樣。」

「那麼也是高木先生你提走了野田女士的儲金嗎？」渡部問。

「阿岩的儲金是由平川盜用阿岩的印章提走的。因為考慮到平川和阿岩的年紀差不多，沒那麼容易讓職員起疑。過程可順利極了。」

「所以佐川先生從來沒有拿過野田女士的錢。」

高木笑了笑，說：「連渡部你也不相信佐川從來沒偷阿岩的錢，對吧？佐川那傢伙的前科實在太好用了，輕易地就能令人以為他是重蹈覆轍。」

渡部在剛開始的時候的確有這麼想過，覺得既然佐川有偷錢的前科，他最終犯下謀財害命的罪行也是不足為奇。儘管佐川多次重申自己並沒有偷過阿岩的錢，儘管佐川解釋過他以往偷錢的原由，渡部始終不願由衷相信。但現在事實證明，渡部這種聯想是不可靠的。

渡部說：「既然高木先生你已經承認了自己的罪行，我會在明早把你交到警署，好讓佐川先生能無罪釋放。」

高木像是聽了甚麼笑話一樣，大笑起來。渡部望著高木，完全不懂高木在笑甚麼。但在一旁的阿國倒是心裡有數。

高木笑了好一陣子後才終於停下來，緩了幾口氣後才緩緩說：「我以為我的小命今天就會結束了，那也沒所謂，我就當是報應好了；但你居然是想把我交給這裡的警方嗎？你以為阿岩那一大筆財產是到哪裡去了啊？全都被我花光了嗎？」

渡部沒想過這個問題。或者說，他從來就不關心那筆錢的去向，他只是想還佐川一個公道而已。

高木見自己問的問題沒得到回應，便自行說：「那筆錢早就交給了警隊的高層，由他們像是鬣狗一樣分乾分淨了。所以無論渡部你用甚麼方法告發，無論你有多證據確鑿，警方也不會受理。因為，全靠我他們才能收到這麼一筆錢，換言之我的報酬就是得到他們的保護。現在就連那個入間義男也休想動我一根汗毛，因為他的上級也是那筆錢的得益人之一。」

渡部不是個初出社會的人，他也在司法界打滾了一段日子，他很清楚這個界別有多黑暗和骯髒。只是，渡部無法相信，他會一次又一次遇到這種不公。渡部望向阿國，只見阿國對他點了點頭，確定事情的確如高木所說。

高木看到渡部生氣的模樣，便又更加高興，悠悠地說：「渡部，我很敬佩你。真的，我是打從心裡佩服你。你有正義感，也願意為了真相花那麼多的時間和心力。正因為這樣，我才想勸你別再多管閒事了。現在佐川願意認罪不就是最好的結局了嗎？反正阿岩已經死了，佐川他一定也不願在獨留在世上了。我有說錯嗎？」

渡部想起佐川在醫院時的激動模樣，想起佐川說過的話。

「但那也不代表高木先生你可以逃過刑法。」渡部說。

高木嘆了口氣，說：「我還以為你剛才聽懂了，看來渡部你還是不明白。那我再說一次吧：我是不會被判有罪的。無論你怎樣做都將會是這個結果。那你又何必多此一舉呢？」

「就算是多此一舉，我也要試。」渡部說。而高木只是恥笑著他的固執。

「渡部先生，可以先到外面聊一聊嗎？」阿國對渡部說。

「對了，阿國你來勸勸他吧。可能他會聽你的話哦，畢竟你們是這樣的親密。」高木邊說邊露出不懷好意的笑容，但阿國沒有理會，只是堅定地望著渡部的雙眼。於是渡部便跟了她到店外。雨勢已經沒之前的大，二人站在微雨下，心情像天空一樣的灰濛濛。

阿國把渡部叫了出去，但卻遲遲沒有開口把話說出來。

「阿國小姐你也打算放過高木先生嗎？」渡部先開口說。

「我也不想放過他。他殺了阿岩小姐，是個活該受死刑的罪人。」阿國顫抖著說，不知是因為害怕還是憤怒：「但……高木說的都是真話。法律是無法制裁他的。如果渡部先生你試圖說出真相，只會令自己陷入險境。我見過太多這樣的事了。」

我不想渡部先生會遇上這種壞事，我想你能平安。阿國並沒有把這句說出口。

「我不會有事的。就算他們再如何無法無天，也總不能對我這個律師怎樣。」渡部嘗試用輕鬆的口吻微笑著說：「阿國小姐你不用擔心。」

不過阿國聽後更是急得哭了。她見過太多像渡部一樣的人，自信地認為以他們的身分地位，必然能安然無恙。但阿國知道那只是事與願違。

必須要阻止渡部先生。

阿國焦急地說：「要不我們讓高木簽下自白書，然後我們在安全的地方後才把自白書送到警署。這樣可以嗎？我們可以到香港。那裡是英國人統治的地方，就算日本警方想要找我們麻煩也不是件易事。我們可以在香港重新過著自由的生活。」阿國一口氣把心裡的說話全說出口，也沒時間顧慮太多。阿國情急地說：「我一直都想要到香港看看。聽說那裡是個民主自由的地方，我們可以擺脫現在的一切束縛和身份，在香港重新開始。你說這樣好嗎渡部先生？」

「阿國小姐你的提議很好。」渡部搖了搖頭，說：「但我要親眼確保佐川先生被無罪釋放後，才能安心。」

阿國感到絕望。她現在清楚知道渡部已經下定決心，已經沒甚麼可以阻止他了。這時，天空剛好放晴，雨點不再降下，一道柔和的陽光灑在渡部和阿國附近。溫暖的陽光灑在渡部的髮上顯得很好看，但阿國看著渡部只是覺得心痛。

「不過，阿國小姐你願意在香港等我嗎？只要佐川先生重獲自由，我向你保證，你會馬上來香港找你，然後……」渡部靦腆地說：「然後我們可以開展新的生活。我不會再讓阿國小姐你過著以往那般危險的生活了。以後，阿國小姐就不再隸屬於任何人、不用再聽命於其他人，可以自由自在地過自己真正想要的日子。」

「這可不行，」阿國斷言拒絕：「我不可以丟下渡部先生。如果我不在臺灣了，要是你遇上甚麼危險，我豈不是甚麼都幫不上忙？我一定要留在這裡，待渡部先生把一切處理好再一起離開。」

「但是阿國小姐你可能也會有危險……」

阿國笑了笑，說：「我是臺灣人，這裡是我出生和成長的地方，我不會有事的。」

渡部把高木帶到臺北南署。高木沿途並沒有反抗，只是平靜地微笑著，一副胸有成竹的樣子。當渡部把案情轉述給南署的警員後，警員帶渡部進了一個房間讓他待著。

而渡部就從那刻起被困在那房間。

房間裡沒有窗，渡部根本不知道現在是白天還是晚上。他只能從每天送來的報紙上知道一天又過去了。而無論他怎樣大呼大喊，也從來沒人理會他。定時會有食物送來給渡部，他不會浪費任何一點食物，因為他知道現在的他必須保留足夠的體力來應付隨時可能出現的逃走機會。

渡部經常想起阿國。但每次想到她，就只會擔心不已，令他的情緒接近崩潰。

一天早上，渡部從送來的報章上看到有關野田岩謀殺案的報道。就算渡部在法庭上缺席，審訊依舊如常進行，想必是隨意就替佐川換了一個辯護律師。報道寫得很簡單，指佐川直茂在多日的盤問後，終於承認是他殺害住在老松町的老婦野田岩。一個人，殺害了另一個人，就像這樣毫無溫度的一段報導。庭上依法判處佐川直茂死刑，執行日期有待公佈。

「於是，這宗案件就這樣正式落幕了。」渡部自虐地笑著說。渡部覺得這個世界真的好荒謬。他不過是想做件正確的事，為甚麼反而卻得到懲罰呢？渡部沒有明確的信仰，但他對佛法也略有耳聞。難道他現在承受的就是佛家的因果報應嗎？這合理嗎？

在讀到報導同一天的下午，困著渡部的房間的門打開了，而進來的人是過得仍然很安康的高木。

「好久不見了，渡部律師。」高木仍是保有他一貫的笑容說：「不對，要改口了。畢竟渡部你已經被取消了律師的執業資格，真是可惜啊。」

高木看到渡部露出疑惑的表情，心滿意足地說：「難道沒有人告訴你嗎？你因為專業失德而被取消了律師資格了。」

高木期待看到渡部難過的樣子，但渡部只是微微笑了笑，說：「說實話，這些我都已經不在乎了。」

高木看到渡部因為長期被關押而失去意志，只有更加高興。高木說：「渡部你看，事情是不是如我之前所預料的，你不過是白忙一場，還弄得像現在一樣焦頭爛額。這又何苦呢？無論是你還是民治都空有一腔熱誠，但最終還是一事無成。做人還是要識時務一點才好。」

「像你一樣嗎？把全部事情都說成是為勢所迫，這樣真的好嗎？」

「又有甚麼不好的？」面對著渡部，高木可以像現在一樣理直氣壯地說。但要是對方是野田民治的話，高木大概無法把這個連自己也極為蔑視的處世之道宣之於口。因為在高木心目中，他想成為像民治一樣的人，只是他知道自己無法像民治一樣，勇於承受其帶來的後果。高木自知自己是個懦夫，但除了承認自己的缺點外，他也沒其他辦法。

「渡部你也不用太擔心，我們很快就會把你釋放。很快你就能重獲自由了，是不是很高興？」

渡部沒多理會高木說的話，他望著高木雙眼，問：「我心裡仍有一個疑問，既然今天遇到高木先生，你可以為我解答嗎？」

「可以，當然可以。」高木歪著嘴笑說：「當是我私人送給你的禮物又何妨？來祝賀渡部你即將重見天日。」

「為甚麼高木先生你會找佐川先生這個門外漢來滲入野田家，而不是找警隊的臥底？既然高木先生是個警察，也是奉命接近野田女士，徵用較為專業的警隊臥底不是對你的任務更方便，也能提高成功的機會嗎？為甚麼會貿然找自己在愛媛縣的同鄉，來做這種高機密且高風險的事情？」

高木看起來像是很高興終於有人問他這個問題似的。他沒有馬上回答渡部的問題，而是反問他：「渡部你還記得我曾經提過當初來臺灣的原因嗎？」

渡部沒精打彩地點點頭，說：「是因為高木先生你的妻子病逝了。你想要離開愛媛縣這個傷心地，所以應徵了到臺灣的職位。」

「難得你把我的故事記得如此清楚，渡部你真是個好小子！」高木笑逐顏開，繼續說：「其實當年我的年輕妻子在過門前早就有個青梅竹馬，但由於家裡缺錢，只好匆匆嫁到高木家。雖說身為警察的我賺得不多，但至少可以有穩定的收入來源，而且這麼多年的任職生涯，也儲了不少積蓄——啊，有關錢和積蓄這方面的事，我之前都應該有說過了。但嫁到高木家後，妻子每日茶飯不思，仍心心念念那個青梅竹馬，最後鬱病成疾而逝。」渡部一邊聽，一邊有著不好的預感。

因為這個故事他好像早就從別人口中聽過。

高木從口袋裡拿出他經常握在手中的懷錶，珍而重之地撫著錶面，然後把裡面的照片放到渡部面前，說：「我之前應該沒對你提過，我一生最愛的妻子叫阿德。」渡部聽到阿德這個名字後，頓時明白了。

「而阿德每晚在夢中呢喃著的名字不是我，而是佐川直茂。」

「所以你來臺灣的真正目的是找佐川先生復仇——」但渡部想了想後，說：「不對，高木先生你是比佐川先生更早來到臺灣的。你不可能會預視到佐川先生之後也會來到這片土地。」

高木點點頭，說：「我本來沒打算向佐川報仇。我真的如之前所說，想要忘記這一切。畢竟要牢牢記著，自己的妻子原來從來都愛著他人這件事，也是令人心痛勞累的。阿德都已經去世了，仍活在世上的我必須要學會放下。我反覆告訴自己，放下以往的恨，忘記曾經的屈辱，才是最好的選擇。」

「但我忘記不了。」高木說，原本一直保持著微笑的臉一下子沉了下來：「我一直都有定期追查佐川的動向，你知道我的職業讓我很容易能做到這件事。我知道佐川在滿洲坐了牢，我想，這應該也算是上天替我懲罰了他，讓我抒了口氣吧？後來，佐川刑滿出獄，竟然輾轉來到臺灣。我肯定，這是上天給我的機會。」

「但佐川先生根本不知道阿德小姐對他餘情未了。高木先生你說的這些，佐川先生都是毫不知情的，你又怎能怪罪於他呢？」

「那我又要怎麼解釋阿德不愛我的原因？你知道我當時有多愛阿德嗎？你知道我為她付出了多少嗎？她卻對我不屑一顧，寧可天天花時間打理庭院！為甚麼她不能回報我對她的好？」高木生氣地說：「都是佐川！是他令阿德鬱病而終，是他令我的婚姻毫不美滿！」

「所以高木先生你不過是想找一個代罪的人。」

高木沒有回答，他只是把懷錶重新放回口袋裡，並整理了一下領帶的位置。

「為了要向佐川先生報復，你不惜把野田女士殺死嗎？你之前說的，因為野田女士看到你們在搜查會因此起疑，所以才殺了她，這些都是廢話，對吧？你在看到野田女士張開眼的時候，只有想著：『你必須死。只有你死了，我才能把謀殺罪加添到佐川身上。』是這樣對吧？」

高木笑了笑，說：「我動手的一刻沒想得那麼遠，沒計劃要把殺人罪嫁禍到佐川身上。我原本只是想讓佐川也嚐嚐跟我一樣，失去摯愛的感受——我知道佐川是真心愛阿岩的，我很早就知道了。後來才慢慢想到，對啊，我還可以順道把殺害阿岩的罪名推到佐川身上。這不是更方便嗎？」

「那麼，要是佐川先生沒有錯手推跌野田女士，高木先生你又打算怎樣做呢？無論如何也會找機會把野田女士殺了嗎？」

「渡部你把我想成是怎樣的惡魔了？」高木溫婉地笑著說：「我甚麼都不會做。我只會等佐川犯下錯誤，再由我來判他的罪。我深信他這種人是會自取滅亡的。而以現在的結果來看，我的推測是對的。」

「而高木先生你在整件事中甚麼責任都沒有？」

「當然。」高木打開門，準備離開，外面明亮的光線照得渡部感到一陣暈眩。離開前高木對渡部說：「但你說得對：阿岩是不需要死的，只能怪佐川害死了她；而阿國本來也不需要死的，是你的決定害死了她。是你們的責任，與我無關。」

「阿國——」渡部還想要問清楚高木有關阿國的事，但門早就被鎖上，把渡部獨自留在這個快要窒息的空間裡。

幾個星期後，渡部走在基隆港的碼頭上。周圍滿是熱鬧的人潮，有步伐匆匆的乘客，有搬運的工人，也有叫賣的小販，處處都是繁盛的景象。

「就和當日下船時看到的一模一樣。」渡部想。景色一樣，但他的心情卻不再相同。

渡部拿著船票，登上前往香港的船。今天是個風和日麗的日子，十分適合出門。陽光灑在臺灣的景色上，也顯得這個地方更為怡人。只是渡部已經要離開這個美麗的地方了。他打開剛在碼頭附近買的報紙，看到上面有個熟悉的名字，是他之前打過的那個法官。那個法官當上了司法部長。儘管之前的報導一度令他醜聞纏身，但仍無阻他在職場上步步高陞。

渡部嘆了口氣，把報紙合起來摺好。既然自己無法理解這個社會運行的法則，他還是專注看看沿途的景色就算了。

船開的那一剎，渡部想起原本想要重新開始的阿國。他能做的就只有緊緊抓著船頭的欄杆，把眼淚滴到基隆港裡。

謎團小說 Mystery 13

蝕夢

作　　者：林罡彤
特約編輯：林恕全
總 編 輯：陳思宇
主　　編：杜昀玶
行銷企劃：林冠廷、黃婉華
出版發行：凌宇有限公司
地　　址：103 台北市大同區民生西路 300 號 8 樓
電　　話：02-2556-6226
e m a i l：linkspublishing2021@gmail.com

美術設計：蔡和翰 (c.h.etc)
排　　版：A Hau Liao
印　　刷：造極彩色印刷製版股份有限公司

總 經 銷：前衛出版社 & 草根出版有限公司
地　　址：10468 台北市中山區農安街 153 號 4 樓之 3
電　　話：02-2586-5708
傳　　真：02-2586-3758
http://www.avanguard.com.tw

門　　市：謎團製造所
地　　址：103 台北市大同區民生西路 300 號 8 樓
營業時間：每日 11:00-19:00（週日、一店休）
傳　　真：02-2558-8826

出版日期：2025 年 1 月
定　　價：新臺幣 360 元

國家圖書館出版品預行編目資料

蝕夢 / 林罡彤作 . -- 初版 . -- 臺北市 : 凌宇有限公司 , 2025.01
面；　公分

ISBN 978-626-7315-16-3(平裝)

863.57　　113012741